Karl Knortz, Gustav Seyffarth

The Literary Life of Gustav Seyffarth

Karl Knortz, Gustav Seyffarth

The Literary Life of Gustav Seyffarth

ISBN/EAN: 9783743641501

Printed in Europe, USA, Canada, Australia, Japan

Cover: Foto ©Raphael Reischuk / pixelio.de

More available books at **www.hansebooks.com**

THE LITERARY LIFE

OF

GUSTAVUS SEYFFARTH

A. M., PHIL. AND THEOL. DR.

LATE PROFESSOR AT THE UNIVERSITY OF LEIPZIG, AND THE CONCORDIA
SEMINARY, OF ST. LOUIS, MO.; HON. MEMBER OF THE LEEDS PHILO-
SOPHICAL AND LITERARY SOCIETY, THE NEW YORK HISTORICAL
SOCIETY, THE NEW YORK PHILOLOGICAL SOCIETY; MEM-
BER OF THE ROYAL SAXON ACADEMY OF SCIENCE; FOR-
EIGN MEMBER OF THE ROYAL BRITISH ORIENTAL
SOCIETY; COR. MEMBER OF THE ROYAL ACAD-
EMY OF TURIN, OF THE ACADEMY OF
SCIENCE OF ST. LOUIS, MO., AND OF
DAVENPORT, IOWA; MEMBER
OF THE AMERICAN ORI-
ENTAL SOCIETY.

*" Multa tulit fecitque puer,
sudavit et alsit."*

AN AUTO-BIOGRAPHICAL SKETCH.

NEW YORK:
E. STEIGER & CO.
1886.

CONTENTS.

INTRODUCTORY.

T HE present auto-biographical sketch of the late Prof. GUSTAVUS SEYFFARTH, (†November 17th, 1885, at New York), is published in accordance with directions in his last will, and is intended to serve as a key to his numerous publications in the German, Latin and English languages. It was written by him in his old age and in a language, the full mastery of which he never acquired. The undersigned editor has contented himself with making only such changes as the rules of English Grammar required, leaving the tenor and contents of the book for which Prof. Seyffarth alone desired to be held responsible, entirely unchanged.

Additional biographical details are contained in the German pamphlet : "*Gustav Seyffarth ; eine biographische Skizze, von Karl Knortz,*" (New York, 1886, E. Steiger & Co.)

KARL KNORTZ.

PREFACE.

S scientific truths do not belong to a few seasons but to the civilized world in general and to all future times, it is a duty to remember what in this respect Providence has done by instrumentality of an old contemporary during a period of over sixty years. It is true, the literary works of the author of the present aphoristic sketch have already been mentioned in "Brockhaus' Konversationslexikon," "Pierer's Realencyklopädie," "Der deutsche Pionier" (Cincinnati, O.) 1874), "Vapereau's Dictionaire des Contemporains," "Appleton's and Johnson's Cyclopædias," "Aliborne's Dictionary of Authors," etc., but as these statements are mostly imperfect and in many respects erroneous, the following communications may be excused.

In reading the present sketch it is to be borne in mind that all dates B. C., cited hereafter, refer to the astronomical method of reckoning the years as the only true and practical one.

New York, 1881.

GUSTAVUS SEYFFARTH.

THE author was born July 13th, 1796, at Uebigau, a Saxon village, near Torgau, in which his father, the Reverend Traugott August Seyffarth, Ph. D., D. D., was a minister of the Lutheran Church. Besides the regular instruction of the parochial school, he received private lessons from a young candidate of theology in Latin and Greek, and made such progress that in his fourteenth year he was able to read several of the Latin classics and the New Testament in the original, and translate fluently from Latin and Greek into his native tongue. He then became an "alumnus" of "St. Afra," the so-called *Fürstenschule* at Meissen near Dresden.

At the time of the Reformation there existed in Saxony three immensely rich monasteries, viz., Grimma, Meissen and Schulpforta, which were secularized and converted into *Gymnasia* by the pious Elector of Saxony, Frederick the Wise. The income of these institutions sufficed to pay the salaries of five professors and some other teachers, and to support from 90 to 150 pupils each. Every town of Saxony had the privilege of sending one or two boys of the age of fourteen to these places of learning, and in this way the gifted son of the poorest family had an opportunity to receive a gratuitous academical education.

The buildings of the "St. Afra" School were surrounded by high walls, the doors of which were opened to the students only upon a written permit by the Rector. The instruction, though pre-eminently of a religious character, was such, that the Alumni of the first and second classes were enabled to read and understand Plato, Sophocles, Pindar, Horace and Cicero, and to fluently write and speak Latin, the official vernacular of the professors and instructors. Many of the students of "St. Afra" afterwards occupied influential positions as professors of philology in the universities and gymnasia of Germany and of other countries.

In the year 1815 the author left Meissen with flattering testimonials and went to Leipzig to study theology, being desirous, however, of learning all that might be worth knowing. He did not content himself with attending theological, philosophical and philological lectures, but also busied himself with the study of mathematics, astronomy, chemistry, botany, history, mineralogy, mechanics, drawing, music, and especially Oriental languages.

After four years he was made Artium Magister, Doctor of Philosophy, and Candidatus Reverendi Ministerii, and returned to St. Afra for the purpose of preparing himself for a theological professorship.

He was under the impression that it would be necessary for him, in order to interpret the Old and New Testaments, to study their ancient versions, and, therefore, he learned during the following four years all the languages into which the Holy Bible had once been translated, from fourteen to sixteen hours daily being devoted to this task.

The first result of his studies was the conviction that the usual pronunciation of the Greek and Hebrew letters ought to be modified. His views he expounded in the work " De Sonis literarum Graecarum tum genuinis tum adoptivis, libri duo. Accedunt commentatio de literis Graecorum subinde usitatis, dissertationes, index et tabulae duae, cum praefatione Godefredi Hermanni, Lipsiae, 1824." By defending his theory in a Latin disputation with members of the philosophical faculty, the author was honored with the privilege of delivering public lectures (1823).

In the following year Prof. F. A. W. Spohn, who had occupied himself prior to Champollion with Egyptian literature and had prepared the bulky work "De lingua et literis veterum Aegyptiorum," died in the bloom of his life, scarcely thirty years old. The author, being the only person in the city familiar with Coptic, the fundamental language of Egyptian literature, was asked by the university to com-

plete and edit Spohn's work. He accepted this offer and
his scientific career was thus impelled in a new direction.

Having examined the immense mass of Spohn's manuscripts deposited in the college library, he came to the conclusion, that it would be impossible for him to accomplish
his task, unless he previously examined all the Egyptian
museums of Europe and copied the principal papyri and inscriptions. Accordingly, during the years 1826–1828, he
visited the public and private collections of Egyptian antiquities at Berlin, Vienna, Munich, Turin, Milan, Venice,
Florence, Leghorn, Rome, Naples, Lyons, Paris, London,
Oxford, Cambridge, Leyden, and Amsterdam, and took
copies of all important inscriptions, which now constitute
the writer's " Bibliotheca Aegyptiaca Manuscripta," a work
of fifteen volumes in royal folio, which will, after his death,
become the property of the New York Historical Society.

In the year 1854 he resigned his Leipzig professorship and
in 1856 emigrated to the United States, which has since become his second home. As some of his former pupils had
founded at St. Louis, Mo., the so-called Concordia Collegium, a theological seminary, he was offered a professorship of archæology and cognate sciences, which he accepted,
and for several years he gave gratuitous instruction and
lectures to the students. In the year 1859, however, he
severed his connection with the institute and went to New
York, where the treasures of the Astor Library gave him
ample opportunity for pursuing his favorite studies and de-
voting his last years to earnest literary work. His writings,
since 1821 (chronologically enumerated in this book), were
published for the purpose of diffusing knowledge and refut-
ing falsehoods. They treat of the following subjects: Egyptian philology and palæography; the ancient astronomy of
the Egyptians, Greeks, Romans and Cypriotes; universal
history and chronology, especially of the Old and New
Testaments, of the Egyptians, Greeks, Romans, Babylonians, Chinese, etc., mythology, ancient geography, apolo-
getics, etc.

THE KEY TO EGYPTIAN LITERATURE.

The ancient Egyptians, from 2780 B. C. to 200 A. C., understood, as well as we do, the art of visibly expressing the
words of their spoken language, but their manner of writing
differed essentially from the present one. Instead of
25 letters they used 630 figures, which were images of
heavenly bodies and geographical objects, human beings
and their limbs, quadrupeds and parts of their bodies, birds,
insects, fishes, serpents, trees, plants, fruits, architectural
objects, furniture, vases, clothing textures, implements and
the like—in short, of nearly all things obvious in primitive
life.

These 630 images constituted the alphabet with which,
during a period of 3000 years, the Egyptians wrote their
numberless books and inscriptions. This immense literature
was still intelligible in the time of the first Roman emperors,
but afterwards it sank into oblivion, till, in the year 1799,
the Rosette Stone, with a hieroglyphic inscription, accompanied by a Greek translation, was discovered.

In the meantime, it is true, the Jesuit *Kircher* (1639) had
published seven volumes, containing translations of inscriptions on Roman obelisks, but his method of deciphering
hieroglyphs was too arbitrary to be of any value to the
student of Egyptology. He took each of the 630 hieroglyphs for a complete word, sometimes for a substantive,
a verb, or an adverb. For instance, the group *"Cæsar Dom-
itianus,"* he interpreted as follows: "Saturn, the ruler of
flying time, and the benevolent god, promoting the fertility
of the fields, mighty in human nature, the beneficent power
of generation, mighty by the god of the height and of the
depth, who augments the afflux of sacred humidity, demitted
from heaven."

Such was the condition of Egyptian philology when Dr. Thomas Young published his article, "Egypt," in the "Encyclopædia Brittannica" (1819), in which he compared the names of Ptolomy, Cleopatra and Berenice with each other, and pointed out for the first time fifteen hieroglyphs, some grammatical forms, and the meaning of a number of hieroglyphic groups. The rest of Young's hieroglyphic system, however, fell short.

Three years later Champollion, who was unaware of these discoveries, published his pamphlet, "*De l'écriture hiératique des anciens Égyptiens*," in which he emphatically denied the existence of phonetic hieroglyphs. As soon, however, as he examined Dr. Young's article he changed his opinion, and published, in 1822, his "*Lettre à M. Dacier*," in which he, nevertheless, did not mention the name of the real discoverer.

Finally, in the year 1824, Champollion's "*Précis du Système hieroglyphique des anciens Égyptiens*" appeared, in which the following theses were defended :

1. The Egyptian literature originated from primitive ideologic writing, and consists partly of phonetic figures, and partly of phonetic images, expressing unphonetically definite ideas.

2. None of the 630 hieroglyphs signified one or more syllables.

3. The language of the Egyptians is related to the Coptic, as preserved in our Coptic grammars and dictionaries.

This theory, apart from a number of other erroneous statements, proved abortive when the new bilingual inscription on the Tanis Stone was discovered (1866).

A great number of proper names, of which the pronunciation has been preserved by Greek and Roman authors, cannot be spelled by means of Champollion's system; for instance, the royal names on the Turin Manetho, the names of planets and constellations, etc.

That it is an impossibility to translate any hieroglyphic text entirely after Champollion's system has been stated by

Lepsius and Birch, and by Bunsen in his work, "Egypt's Place," etc.

Furthermore, Champollion was repeatedly challenged to verify his theory by a translation of the Rosette Stone, but failed in his attempts.

In 1866 Prof. Lepsius published his translation of| the Tanis Stone, according to Champollion's system, but found himself unable to interpret 440 groups. Of the other 4,100 groups nearly each one was misinterpreted. He translated Cyprus by *Phœnicia*, Asia by *valley*, Greek by *brook*, etc. Instead of bringing out Coptic words, as required by Champollion's system, he discovered monstrous words which do not exist in any language. Lepsius' "Das Decret von Kanopus" contains about 40 words correctly spelled and translated.

Morever, in the same year Reinisch and Roesler published another translation of the Tanis Stone, likewise following the prevailing theory, but nearly all the words spelled and translated by them differ materially from those in Lepsius' statement.

Again, in the "Records of the Past" (Vol. IV., p. 65, London, 1875) appeared a translation of the Pompeian Tablet, made by Goodwin, according to the large dictionary and grammar by the Champollionist, Brugsch-Bey; but, alas, not even half a dozen characters were correctly interpreted.

Champollion's theory has given rise to numberless absurdities. Brugsch-Bey, for instance, discovered that the Egyptians were fond of lager beer, and that some thousand years before Christ breweries existed in Egypt. Ebers, too, learned that "one gallon of lager beer" constituted a dose for a sick Egyptian. The same professor discovered that the queen-bee signified symbolically *honey*, which he took for an ingredient of forty different prescriptions, while in reality the queen-bee expressed the letters *m, l, k*, i. e., *melissa, apiastrum, balsament.*

Vicomte de Rougé, Champollion's successor in the Louvre, discovered that in Moses' days an Egyptian obtained seven times "*la décoration de la valeur militaire à collier d'or*," and that in the same era a serpent existed in Egypt which was called *Amhehu* and which lived in fire. According to Champollion this serpent measured 30 cubits in length, 15 cubits in width, but only 4 cubits in thickness.

These facts will suffice to convince every intelligent reader, that Champollion's system, as Brugsch, Lepsius, Ebers, and others imposed it upon the credulous world, cannot be the true key to Egyptian literature, and that, as far as the translation of entire Egyptian texts is concerned, it has proved a deplorable failure.

The system of the author originated in the following way:

In 1824 he went to Berlin in order to examine the extensive collection of Egyptian papyri in the Public Library, and there he discovered a number of different copies of the sacred records of the Egyptians, which were formerly unknown to scholars. He collated these papyri with each other, word for word, and thus arrived at the conclusion that Egyptian literature was composed in *syllabic* writing.

He furthermore discovered that some hieroglyphs expressed letters different from those which Champollion had found in Greek and Roman proper names. He learned, for example, that the mouth, signifying *r* in *Cæsar, Tiberius*, and the like represented *k* and *kr* in older manuscripts. It was clear, therefore, that the Egyptians must have had different names for the same objects, though this was denied by Champollion.

Moreover, in translating parts of the Rosette Stone and other hieroglyphic texts, it was discovered that the language of the ancient Egyptians differed from the modern Coptic and was related to the Hebrew. This theory was strengthened by that of Josephus, who claims that the Egyptian was a "sacred dialect."

Plutarch, Clement of Alexandria, and other authorities bear witness that the basis of the hieroglyphs was the primitive (*Noachian*) alphabet of 25 letters. This tradition was confirmed by the fact that several hieroglyphic figures agreed both in their shape and pronunciation with the Phœnician characters derived from the Noachian alphabet.

This is, in short, the origin of the author's "*Rudimenta Hieroglíphices*," *Lipsiae*, 1826. This juvenile work, it is true, contains many absurdities, but its fundamental substance is correct, as subsequent researches have proved. At the same time it must be admitted that the Egyptians never used ideologic hieroglyphs; that many figures expressed consonantal syllables, many of which signified different letters, and that the language of the ancient Egyptians was a Hebrew dialect. No one, however, has yet answered the principal question, viz., How came it to pass that the Egyptians expressed certain consonantal syllables by certain *images:* for instance, the letters *m l k*, by the owl and the queen-bee? The answer is, *each hieroglyphic figure regularly expresses according to syllables the consonants contained in the name of the image.* The owl, called *mulak*, and the queen-bee, called *melik*, signified *mlk*, because their names contained the same consonants. The following parallel will show the reader how much Champollion's system differs from that of the writer:

CHAMPOLLION.

SEYFFARTH.

The Egyptian literature originated from a primitive ideologic method of writing.

Every hieroglyphic inscription consists partly of ideologic, partly of alphabetic figures. The former are explainable to everybody's fancy. Each hieroglyph expresses always the same letter, as is the case with the letters in all alphabets.

The language subject to Egyptian literature was the Coptic, as taught in the Coptic grammars and dictionaries.

The Egyptian literature originated from the primitive alphabet of 25 letters.

Every hieroglyphic inscription consists partly of alphabetic, partly of syllabic images. None of the 630 hieroglyphs express a word ideologically.

Some hieroglyphs express different sounds, because they were called differently in different times, or represented different sexes of animals.

The Egyptian language was the ancient Coptic, related to the Hebrew and kindred languages.

The latter topic has been discussed *in extenso* in the author's "Grammatica Aegyptiaca," Leipzig, 1855.

Every friend of science will now ask: How may it be demonstrated, that the author's theory *is* the real key to the Egyptian literature? The following argument may convince the opponents of this theory:

The first grammatical and reliable interpretation of the Rossette Stone was published by Prof. Uhlemann, of Göttingen, and this translation could only have been executed by means of the author's syllabic hieroglyphs. Champollion was not able to accomplish this task.

The author's syllabic hieroglyphs were published in 1845, and a copy transmitted to Prof. Brugsch, of Berlin, who presented it to his friend Rougé, and afterwards asked for another copy.

By means of these syllabic hieroglyphs, totally unknown to Champollion, Brugsch explained the Rosette Stone. He took 122 hieroglyphs for syllabic signs, 30 of which he found in said pamphlet. In so doing he heralded Champollion as the learned discoverer of the key to the Egyptian literature, and branded the author's system as imaginary. He was, however, challenged to show Champollion's syllabic hieroglyphs, but failed to comply with this request.

In 1851 Rougé published his translation of an inscription found in the grave of Amos, and this translation was based upon the writer's syllabic hieroglyphs. He took 30 figures for the same syllables, as first demonstrated in my pamphlet, which had been presented to him by his intimate friend, Brugsch. Rougé, it is true, was honest enough not to ascribe the discovery of the syllabic hieroglyphs to Champollion, but he also intentionally omitted the author's name.

In 1848 Lepsius translated the names of the Egyptian Decani by means of my above-mentioned pamphlet, a copy of which was in his hands. He took 21 hieroglyphs for syllabic signs, but without mentioning the names of the discoverer and of the book, where the syllabic meanings of those hieroglyphs had been demonstrated some years ago.

It is a well-known fact that from 1824 to 1880 neither

Champollion nor any of his followers succeeded in translating any hieroglyphic text *entirely* without bringing out nonsense. It is true, Brugsch-Bey has published an Egyptian grammar and also a dictionary in four volumes; but these works are not based upon philological interpretation of complete inscriptions, but on short phrases severed from the context, which he translated according to his fancy.

The author, however, has published 50 grammatical interpretations of entire hieroglyphic texts. Query: Is a hieroglyphic system, by means of which no entire text can be grammatically translated, and no translation like Lepsius' "Tanis Stone" can be philologically commented on, the real key to Egyptian literature?

Furthermore, as often as I published a new grammatical interpretation of a hieroglyphic text I challenged Lepsius, Brugsch-Bey, Renouf, Birch, Goodwin, etc., to translate the same texts according to Champollion's system grammatically and logically. I reminded them that, in case they failed to accomplish this task, they would pass for shameless calumniators; but none of them attempted to save his reputation.

In spite of all these facts the Champollionists up to the present day have not ceased to defame truth.

Champollion published in 1826 a fulminant libel against my "Rudimenta" (Lettre á Blacas, etc., Florence, 1826) which was easily refuted ("Brevis defensio hieroglyphices authoris," Lipsiæ, 1827), because his principal arguments were merely fictitious.

Next, Lepsius in several public lectures stamped the author's system a literary mess-work; and yet this Champollionist clandestinely adopted my discovery, published 11 years before in "Rudimenta Hieroglyphices," that Egyptian literature was a syllabic writing.

In 1845 Bunsen's work, "*Aegypten's Stellung in der Weltgeschichte,*" appeared and my "Rudimenta" were called "a dream" in it! But in the same work he published a number of syllabic hieroglyphs, as demonstrated by Lepsius and Birch, without mentioning that the same discovery had been made 19 years earlier by the author of "Rudimenta." Is not this shameless plagiarism?

In the same "Rudimenta" it was first taught, that the language subject to hieroglyphs was not the modern but ancient Coptic, as related to Hebrew. In Bunsen's work (V., 113) we read : "It was impossible by means of the Coptic alone to translate the works of the ancient Egyptians. Whoever tried it, wrestled with an impossibility!" Bunsen arrived at the conclusion that the "sacred dialect" of the Egyptians must have been the ancient Coptic, related to Hebrew. Is it not a singular phenomenon, that a Champollionist dreamed the same dream, which another person had dreamed 19 years before?

In 1851 Brugsch, as has been previously stated, clandestinely appropriated my discovery that the Egyptian literature was a *syllabic* writing. Soon after, he adopted in the same way two other discoveries; first, the rule, that several hieroglyphs express different letters and syllables, as will be seen in his Egyptian geography and in his Egyptian grammar and dictionary. This discovery constitutes a very important part of the author's theory. For instance, whoever presumes that the figure of the *mouth*, signifying *r* in *Cæsar* always expresses *r*, and not very often *kr* or *k*, is unable to explain the Rosette and Tanis Stones, and a thousand other Egyptian texts.

The same Champollionist, moreover, abandoned his master's theory, according to which the modern Coptic is the basis of the ancient Egyptian literature, for in his dictionary he refers numberless Egyptian groups to Hebrew roots, and impresses upon his readers (Dict. Vol. IV., Preface) by saying it was his friend *Benfey* ("Aegyptische und Semitische Sprache," 1844) who *first of all* discovered the affinity of Coptic and the Hebrew. But many Coptic words, referred to Hebrew roots, were already published in Peyou's Coptic Dictionary, Turin, 1835, and the first hieroglyphic words containing Hebrew roots, will be seen in the author's "Rudimenta," published 18 years prior to Benfey. Many similar words showing the relationship between Coptic and

Hebrew will be found in the author's "Astronomia Aegyptiaca," 1833, "Alphabeta genuina," 1840, and in his "Grundsätze," 1843. Now, is it true that Benfey " first of all " discovered the affinity of the Coptic and Hebrew languages?

Besides, Benfey never intended to refer the Coptic dictionary to the Hebrew, which is the principal object of Egyptian philology, but he confined himself to a small number of Coptic particles parallelled with Hebrew ones. Almost all the Hebrew words obvious in Egyptian texts and cited by Brugsch are taken from the author's publications, especially from his " Theologische Schriften," and I admire the sagacity with which this Champollionist, totally ignorant of Hebrew, identified the Coptic *tele* (finger) with the Hebrew *egba* (finger). What is the real scope of this literary effort? Perhaps the cunning Bey speculated thus: Champollion's grammar and dictionary are, at present, antiquated and the author's publications are ignored. My theory must be transformed as much as possible into Champollion's system, in order to preserve the reputation of that Frenchman and his present followers.

Finally, Ebers, the novelist and an eminent pupil of Lepsius, followed in the steps of his master. He delivered several public lectures in which he tried to convert his audience to the belief that Champollion and no one else had discovered the key to Egyptian literature. A few days later Prof. *Wuttke*, of Leipzig University, delivered a public lecture and declared that *Seyffarth* was the discoverer of the key to Egyptian literature. This lecture was reported in the daily press and created a great sensation. Its contents are to be found in " Europa, eine Chronik für die gebildete Welt," Leipzig, November, 1856.

Instead of confessing his calumnies, Prof. Ebers attacked the writer in the N. Y. Staatszeitung of 1871, and made the following remarks :

1. "It is a fact that Champollion's system has triumphed."

This is a serious mistake. Champollion's original theory is forgotten, and what Brugsch in his grammar and dictionary styles Champollion's system is, in fact, my own system. Champollion, in all his publications from 1823 to 1842, denied the existence of syllabic hieroglyphs, while Brugsch's grammar and dictionary produce nearly 600 syllabic hieroglyphs, of which the majority will be found in the author's "Grammatica Aegyptiaca" and in some of his earlier works, but nowhere in Champollion's publications. The old rule, *suum cuique*, has become obsolete with some professors.

Champollion taught, that every phonetic hieroglyph expresses only *one* sound, i. e., that, with which the name of the figure commences. Brugsch, on the contrary, ascribes to nearly all hieroglyphs a variety of phonetic values, and styles this departure "the polyphony of hieroglyphs." This "polyphony" however was not discovered by Champollion but by the author, as may be learned from his "Rudimenta" (1826).

According to Champollion, the Coptic language was the basis of Egyptian literature. Brugsch, on the contrary, reduces several hieroglyphic words to Hebrew words, without mentioning that the writer had done the same many years before.

Now, which system triumphs at present, Champollion's or that of the author, passing under another name?

2. "*The syllabic hieroglyphs*," Ebers says, "*were not discovered by Seyffarth, but by Champollion or Lepsius.*" (Which is true, the former or the latter?)

Our Champollionist probably forgot what his master mentioned in all of his works from 1823 to 1842, to-wit : that no hieroglyphs express a syllable. He also forgot that no plate representing syllabic hieroglyphics,. like those in the writer's "Grammatica Aegyptiaca," is to be found in Champollion's work. On this occasion he will allow me to remind him of a passage in Prof. Uhlemann's "Thoth :" "Whoever maintains that anybody discovered syllabic hieroglyphs prior to Seyffarth, is a liar."

18

3. "It is a certainty that Lepsius in 1837 discovered the first syllabic hieroglyphs. Seyffarth adopted a foreign discovery."

Indeed! Did our learned Egyptologist not know, that the syllabic theory was taught, and that the first syllabic hieroglyphics were determined, 11 years prior to Lepsius?

By the way, the key to Egyptian literature is not to be found in a few images, which express syllables; but the question is: How came it to pass, that the Egyptians expressed different syllables by 630 hieroglyphs, and according to what rule did a certain hieroglyph signify a certain syllable? The answer is: *Every hieroglyphic image expresses syllabically the two or three consonants contained in the name of the image, the vowels, as is the case in Hebrew, being omitted.*

This key was wholly unknown to Lepsius and Birch, and, consequently nearly all their syllabic hieroglyphs are erroneous. They only fixed the syllabic values of some hieroglyhs by mere guessing.

The only way to fix the syllabic values of our 630 hieroglyphs is the following: Arrange them in natural classes (heavenly and geographical objects, limbs of man and beast, etc.), and you will see where a connecting link of the series is wanted. In the next place, look for the name of each figure, and finally, translate gramatically our bilingual and other inscriptions, in accordance with the syllabic hieroglyphs. Our Champollionist will then comprehend the real key to Egyptian literature.

4. "By means of Seyffarth's system," Ebers continues, *" it is impossible to read half a line."*

Did he not know that the author's grammar contains 11 grammatical interpretations of entire texts, that by his method 20 other complete inscriptions were analyzed, and that Prof. Uhlemann explained by means of my system the Rosettana and other entire chapters of the so-called "Todtenbuch!"

19

5. "*According to Champollion's system*," our truth-loving friend continues, "*the Todtenbuch can really be translated as the complete translation by S. Birch demonstrates.*"

Translations of Egyptian texts, in which the originals are omitted and the pronunciation of every hieroglyph is not fixed, and every group is not referred to its root, in one word, in which there are neither a grammatical analysis nor a philological commentary, do not at all prove the correctness of Champollion's system. Give Mr. Birch any *Chinese* text and he will translate it as faithfully as the "*Todtenbuch*," at least in the eyes of ignorant readers.

6. "*By means of Brugsch's grammar and dictionary*," our learned Oedipus continues, "EVERYONE, *now-a-days can read and translate any hieroglyphic text.*"

If true, I challenge him to translate and interpret the "Pompeian Tablet," as it has been done in the "Transactions of the Academy of Science," of St. Louis, Mo. (Vol. IV.) This inscription is to be analyzed and philologically commented on according to Champollion's system, as developed by Brugsch.

7. "*Seyffarth's merits are unimportant and limited.*"

This is a fact. I have no merits at all. I never longed for fading laurels, and have only worked for the glory of Him who is the Truth, and condemns all falsehood. I have never been able to write Egyptian romances, nor to discover that *honey* was a medicinal plant, and that a gallon of "Lagerbier" constitutes a dose for a sick person.

TRIENNIAL RESEARCHES

– IN –

EGYPTIAN MUSEUMS AND PUBLIC LIBRARIES

IN SOUTHERN GERMANY, ITALY, FRANCE, ENGLAND AND HOLLAND.

In 1826, the author, after having convinced himself that the literary remains of ancient Egypt could not be translated without studying the principal papyri and inscriptions, asked and obtained permission to visit the libraries and museums of several European countries. The Saxon Government aided him by a donation of 400 thalers.

During this time and subsequently many very important Egyptian antiquities were brought to light.

1. *The origin of Manetho's Egyptian History, written in Hieratic characters.*

The Egyptian museum of Turin preserved a huge box with at least half a million of papyrus fragments, of which the largest were three inches long and two inches broad. I perceived at a glance, that some of these fragments once formed part of a historical papyrus, like Manetho's "Catalogue of Egyptian Dynasties." I devoted six weeks to a close examination of each of the fragments, and put them together as far as was possible. The papyrus I thus obtained, was eight feet long and one foot high, and it corresponds in all respects to our Greek Manetho, as preserved by Josephus, Julius Africanus, Eusebius and others. It commences with the enumeration of the seven great gods, the planets and the twelve gods of the second class, the so-called

Zodiac gods. Next are enumerated the dynasties of Tanis, Heracleapolis, Memphis, Thebes, etc., and the years and months during which each dynasty and king reigned. The Hyksos, the Canaan Shepherd Kings, correspond to Josephus's Shepherd Kings, the Israelites. The hieratic characters of this papyrus belong to the age of Lagides. As numberless names contain corrections, consisting of very small pieces fastened with gum arabic on the original letters, it cannot be the work of a copyist, but must have been done by the compilator of the royal names himself. I do not hesitate to state that this papyrus scroll, which was the second bilingual monument discovered after the Rosette Stone, was written by Manetho himself.

It is a great misfortune that this important papyrus is very imperfect. The same box had been examined by Champollion two years before, and after having selected one fragment of the same papyrus he authoritatively ordered the custos, Signor Cantu, while the Director of the Museum, Cavaliere St. Quintino, was in London, to put the rest of the papyrus into the privy!

Signor Cantu told me that thus at least two-thirds of the papyrus was lost forever. So we owe to Champollion's rashness the loss of the most important relic of Egyptian antiquity. The papyrus, when sent from Cairo to Turin, was complete, but in consequence of imperfect packing it crumbled into fragments. It must have contained about 200 royal names, like the Greek Manetho.

2. *The Flaminian obelisk in Rome, translated by Hermapion.*

It was known a long time before, that the obelisk transferred to Rome by the Emperor Augustus had been translated by Hermapion, an Egyptian priest, but nobody had discovered that the obelisk now standing on the Porta del Popolo was Hermapion's original. Even Champollion was not aware of the fact, and one day, in 1826, he said to me: " Hermapion's obelisk must still lie in a cellar." The translation of this interesting monument will be found in the

author's "Theologische Schriften." This was the third inscription accompanied by an ancient version.

*3. Erathosthenes's Laterculum, the translation of the Tablet
of Abydos, at present in the British Museum.*

The famous historian and mathematician, Eratosthenes
(270 B. C.), expressly states that he translated the catalogue of 38 Theban kings into Greek, but nobody could
point out the original. This laterculum represents the
fourth bilingual hieroglyphic text.

*4. The geographical altar of Turin of the time of Take-
lophis, 900 B. C.*

The cities of Egypt enumerated by ancient geographers
and Copto-Arabic manuscripts are well known, and the same
cities are recorded by the Turin altar in a geographical
order. It mentions, first, the cities of the south and then
those of the north ; thirdly, the eastern, and finally, the
western cities of the Delta. This monument refutes Brugsch's
Egyptian Geography in numberless instances.

*5. The Tablet of Shishak containing the names of 120 cities
of Palestine existing in the age of Rehoboam, 946 B. C.*

The names and sites of the principal cities of Palestine are
universally known, especially by the researches of Robinson
and Raumer. These cities are enumerated hieroglyphically
on this tablet. They were, however, inexplicable to
Brugsch. This interesting monument forms the sixth bilingual inscription.

*6. The Decani and Constellation with their Egyptian
names, 1600 B. C.*

These inscriptions prove that the present constellations in
the sky exactly agree with the ancient Egyptian ones.
They are bilingual and proved inexplicable to Lepsius, who,
for instance, translated "Cubiti Leonis" by "The two
Feathers of the Giant."

*7. A number of mummy-coffins with hieroglyphic and Greek
legends, found in the museums of Turin, Paris, London and
Berlin.*

By means of these seven new bilingual inscriptions it was an easy matter to fix the syllabic value of a great many hieroglyphic groups.

Let us now mention some other Egyptian antiquities discovered since 1826.

8. The 75-feet long hieroglyphic papyrus at Turin.

This scroll is the most complete copy of the sacred records. It was published in 1842 by Lepsius, but incorrectly. He changed the "wild pigeon" into "sparrow" and dated the original inscription back to 1500 or 1400 B. C.

9. The wooden seal in the Museum of the New York Historical Society.

The inscription of this antiquity represents exactly the same name for which the above-mentioned Turin copy of the sacred records was written, and adds that this person was the high-priest of Phtha in the temple of King Takelophis, 850 B. C. According to this statement the Turin "Todtenbuch" is several hundred years later than Lepsius fancied.

10. The oldest copy of the sacred records written 1780 B. C.

A few years ago an American traveler found at Thebes in Egypt a papyrus nearly 46 feet long, of which photographs were sent to the Smithsonian Institution, which in turn forwarded them to me. This remarkable scroll agrees with all other copies of the sacred Egyptian records; it was written for the wife of King Horus, who, according to a planetary configuration on his temple at Thebes, reigned about 1780 B. C.

This papyrus was afterwards sold to the National Museum of Paris for $1,600.

11. The Papyrus Minutoli in Berlin.

This hieratic papyrus, nearly as complete as the one of Turin, corresponds with all other copies of the sacred Egyptian records. Its chapters, however, are numbered, and this fact demonstrates that all copies of this sacred book must have originated from an old work, perhaps written by Athothis, the son of Menes, who is said to have been the author of the sacred Egyptian writings. This papyrus, together with several hundred manuscripts in the Museum of Turin, furnished a complete system of the Egyptian cyphers, which has been published by Champollion in *Kosegarten's* work, " De prisca Aegyptiorum literatura," and more completely by the writer in his "Alphabeta genuina," 1847.

12. Gen. Geo. Stone's papyrus, written about 900 B. C.

Gen. Stone, while traveling in Egypt in 1858, acquired a hieratically written five-feet long papyrus, found on the body of an extraordinarily ornamented mummy. The defunct was a general of King Shisham, who conquered Egypt in the fifth year of Rehoboam, 946 B. C.

13. The oldest papyrus in the Museum of Turin.

This immense collection of nearly 100,000 Egyptian antiquities preserves a hieratic papyrus referring to the fifth year of Thuthmos III., 1882 B. C. This Thuthmos III. was the same king who perished in the Red Sea while pursuing the Israelites, 1866 B. C. As this king, according to Josephus and Eusebius, reigned for 26 years, this papyrus was written 22 years prior to the exodus of the Israelites. Is this not a wonderful confirmation of the Bible? Moses was, in fact, the author of the Pentateuch.

Another Turin papyrus refers to Ramses II., who lived 200 years later.

14. The representations of the catacombs of Osimandya and his son, Ramses II., about 1690 B. C.

It is known that the valley, Biban el Moluk, west of Thebes, once contained 42 royal catacombs, or subterranean excavations for preserving royal and other mummies. A Turin papyrus, of which about two-thirds have been preserved, represents the catacombs of Ramses II., and nearly all the chambers therein. In each chamber there is stated how long, wide and high it was according to the Egyptian ell and its inches, of which three originals are preserved in the museums of Turin, Paris and Leyden. The same catacomb and all its chambers were measured by the French during the expedition of 1799, and thus it became an easy matter to compare the modern and ancient measurements, and it was proved that the Turin, Paris and Leyden cubits represented the regular measures of the ancient Egyptians.

Moreover, since the Israelites brought with them the same ells to Arabia and Palestine, it is self-evident that, by means of the Egytian cubits all Hebrew measurements in the Old Testament are determined. Besides, in the same box in which Manetho's autograph was discovered, the fragments of another large papyrus were found, of which one side delineates the same catacomb of Ramses II., and the other that of Osimandya.

15. *The first astronomical papyrus.*

In 1826, simultaneous with the hieratic Manetho, this important papyrus, as reproduced in the author's "Astronomia Aegyptiaca," was discovered. Its· first division shows the Zodiac with its stars and cardinal points, the next three squares contain the images of the planets. The whole represents the planetary configuration, as observed December 23d, 128 B. C. In connection with these papyri are to be mentioned the

16. *Sportful delineations of human life,*

found in the same box with Manetho's autograph. We specify the following scenes : A cat and a rat having discovered a bowl of milk quarrel and fight over its possession, which gives rise to a fatal war between the tribes of these two animals. The king of the rats mounts his chariot, drawn by two galloping dogs, and attacks the army of the cats. The latter are put to flight and seek protection in a fort, which by means of ladders is captured by the rats. Another picture represents the subterranean palace of a rat. The housekeeper is just carrying a stone jug to the *vintry*. The barn is full of sheaves, and the mice take advantage of it. In the rear, however, the cats linger. In the entrance to the cave four traveling musicians stand, of whom two, the ass and the lion, sing a duet, which the former accompanies with the harp and the latter with a lyre. A monkey plays the flute and a crocodile shakes the cymbals.

The second part of this papyrus shows the great difference between Paganism and Christianity.

17. *The colossal arragonite sarcophagus of Osimandya in London.*

This precious relic of Egyptian art and science was discovered in Osimandya's catacomb by Belzoni. Its sculptures represent the nativity of the king.

18. *The colossal granite sarcophagus of Ramses II. in Paris.*

This was found in the catacomb of said king, whose nativity is related by interior and exterior inscriptions.

19. *The colossal granite sarcophagus in the British Museum.*

The so-called sarcophagus of Alexander the Great belongs to Takelophis, 850 B. C. Its sculptures represent the nativity of the king.

20. *The wooden mummy-coffin in the Museum of Leeds, England.*

This represents the nativity of the secretary of Osimandya and Ramses II., who reigned at the same time ; it refers to the year 1722 B. C. The computation of this planetary configuration was confirmed by Prof. Mitchel, late Director of the Dudley Observatory of Albany, N. Y.

21. *The sarcophagus in the museum of Leipzig University.*

This is one of the most remarkable relics of Egyptian art. It consists of juniper wood and contains nearly 3,000 hieroglyphs in relief. They are cut so carefully and beautifully that it may be fairly said they emulate Greek art. The inner inscriptions represent the nativity of the secretary of King Raphakes, 1523 B. C.

22. *The Isis Tablet, Tabula Bembina, at present in Turin,* was formerly taken for the original ten commandments, for the mysteries of Isis, and even for the secrets of the magnetic needle. In 1833 it was discovered that this copper-plate with numberless silver hieroglyphs represented the nativity of the Emperor Trajanus, 54 A. C.

23. *The Zodiac of Dendera,* discovered 1799 by the French expedition and soon after sent to Paris, created such an excitement that the government was obliged to hide it from

the public. It called forth more than fifty pamphlets. The general conviction was that this blackened sandstone tablet originated 17,000 B. C. The planetary constellations of this relic, however, proved that it referred to the nativity of the Emperor Nero, 37 A. D.

24. *The Tablet of Pompeii*, discovered in the so-called Temple of Isis, belongs, according to Brugsch, to the age of Alexander the Great, and according to Goodwin, to the time of the Persian conquest of Egypt, 520 B. C. None of these professors were able to translate this text of 20 lines. It is now taken for granted that this tablet belongs to the time of Vespasian.

25. *The Tablet of Karnak* represents the kings of Mizraim from Menes down to Thuthmos III. The latter was the Pharaoh who, while pursuing the Israelites, perished in the Red Sea, 1866 B. C.

26. *The planetary configuration in Burton's "Excerpta Hieroglyphica" (II., 15)* confirms Menes' arrival in Egypt in 2780 B. C. The inscription clearly expresses the name of Menes by the *crescent* upon which that king stands, the crescent being called *man*, the Greek Μήν, symbolically signifying *mn*, i. e. Mene–s.

27. *The ivory tablet found in the ruins of Nineveh.*

Layard and all his followers give the year 606 B. C. as the time of the destruction of Nineveh, but this ivory tablet, found in the ruins of Nineveh and now in possession of the British Museum, bears the name of Hofra, an Egyptian king who was deposed by Nebuchadnezar five years before the destruction of Jerusalem, i. e., in 579 B. C. It is, therefore, self-evident that the ruins of Mossul cannot be older than 579 B. C.

28. In 1826 there existed only one Coptic dictionary, a very imperfect one by Woide. The second object of the author's triennial tour was to collect material for a complete dictionary. The large number of Coptic manuscripts in the Vatican were inaccessible ; but in the Propaganda I found many Copto-Arabic glossaries. By and by my copies of Coptic manuscripts filled 12 volumes, by means of which I

commenced to compile a Coptic dictionary, arranged according to the consonants. This work remained, however, unfinished up to the present day.

29. *The Indian antiquities discovered in mounds near Davenport, Iowa.*

One of these tablets represents the exodus of the animals from Noah's Ark. In the midst of forty or more animals, of which the elephant is clearly pointed out, we see old Noah with a stick, and his wife standing behind. On the reverse the antediluvian wickedness is represented.

Another tablet shows the twelve signs of the Zodiac and the seven planets.

How these antiquities enriched human knowledge will be specified in the following short articles.

The Key to all Ancient Pagan Religions.

During the present and last centuries numberless books were written for the purpose of interpreting the real significance of the deities of paganism. Some mythologists maintained that the pagan gods were originally historical personages of by-gone days. Müller taught that the gods of Greece and Rome represented local spirits; Brugsch, the eminent Champollionist, discovered that the Egyptian deities, with their animal heads, typified fictitious kings, who in this strange disguise terrified their enslaved subjects.

The most wonderful exposition of Egyptian mythology is, however, to be found in Duncker's "Geschichte des Alterthums." These hypotheses fail to explain how it came to pass, that all nations of old worshipped 7 principal (the 7 Cabiri) and 12 minor gods.

All ancient reports concur in stating that all pagan religions originated in Babylonia prior to the dispersion of the nations. " Babylon," Jeremiah says, "has been the golden cup in the Lord's hand that made all the earth drunken; the nations have drunken of her wine, therefore the nations are mad." And in another place the same prophet says : "The pagans will spread (the bones of the prophets) before the sun and the moon, and all the hosts of heaven, whom they have loved, and whom they have served, and after whom they have walked, and whom they have sought, and whom they have worshipped."

Plutarch and Lutatius report that "the deities of the Greeks and barbarians, both in the North and the South, are the same." Cicero writes : "Quot hominum linguæ tot nomina deorum." The Greeks and Romans constantly paralleled their deities with those of Egypt, Gallia, Germany and the Orient.

As all Pagan religious deities originated from the same source, it is an easy matter to elucidate their signification.

Aristotle says: "It is stated by the ancients, or rather by the very ancients, that the planets and the constellations were the original deities." The Egyptian priest, Chaeremon, asserts: "Aegyptii non alios ponunt deos praeter vulgo dictos planetas atque Zodiaci signa." Apart from these seven planets and the twelve zodiacal gods, the ancient nations worshipped the Creator of the Universe, called Deus optimus maximus, the father both of men and the deities, the Allfatur of the Northern nations, the Parabrama of the Indians, etc.

Porphyrius testifies that the sacred animals of the Egyptians symbolized "Dei in res omnes potentiam quam singuli deorum declarant."

These notes will convince every reader that the Egyptians worshipped, first, the Creator of the Universe; second, the seven planets; and, thirdly, the seven zodiacal gods. All ancient religions consisted of theism modified by astrology.

The Key to the Astronomical Monuments of the Egyptians, Greeks, Romans, Cyprians, Indians, Mexicans, etc.

Diodorus Sicul·us writes, that the Egpytians were ardent star-gazers and preserved their observations of the planets. The same statement is testified by Aristotle ("De Coelo," II., 12.) Simplicius says: "Apud Aegyptios observationes astronomiae extant ante 2,000 annos factae." Cicero writes ("De divin. I., 1.): "Aegyptii longinquitate temporum innumerabilibus paene sæculis consecuti putantur."

The observations of the planetary configurations are of the greatest importance for ancient history and chronology; for it is a well-established fact that the seven planets together cannot return to the same places of the zodiac prior to 2,146 years. During this period the planets perform their revolutions. As the ancients were in the habit of observing planetary configurations on occasions of important events, for instance, on the coronation of a new king, on the birth of royal persons, etc., a planetary configuration referred to a certain event, and the date of the latter may be ascertained with mathematical accuracy.

The next question is: By what monuments or relics are planetary configurations represented?

The signs of the zodiac or of the twelve gods may be seen on numerous temple walls, sarcophagi, mummy coffins, papyri, and implements. We need only mention the mummy coffin of Leeds, two sarcophagi in the British Museum, the three tablets of the Turin zodiac, etc. The rows of gods on these relics Champollion declared inexplicable; they were only understood by men familiar with Egyptian mysteries.

Another class of planetary configurations represents seven sofas and on each two deities, of which the first signifies a *planet*, and the second the *sign* which the planet occupied. According to Lepsius these images represented different *suns!* Strange, that the Egyptians had the privilege of worshipping fourteen suns!

By what names where the planets and the 12 signs of the Zodiac symbolized? The Greek and Roman names and images of the seven planets are universally known, viz.: Saturn, Jupiter, Mars, Venus, Mercury, the Sun and the Moon. The Egyptian names of these planets have been preserved on the Turin Manetho. In the latter, history is commenced by the so-called dynasty of the 7 great gods (the planets) and the 12 minor gods (the signs of the Zodiac).

On the Turin Manetho the planets are thus arranged, all however in one line:

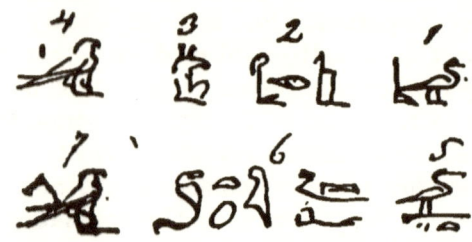

No. 1 is the name of Saturn, *kv*, related to *Khiva-n*, the ancient name of the Hebrews and Arabs.

No. 2, *Hoser, Osiris*, the name of Jupiter. *Diodorus* calls him "the son of the sun." The "Vetus Chronicon," in enumerating the seven planetary gods, mentions the sun and Osiris (Jupiter) in connection with him. Eusebius, likewise, enumerates Helios, Agathodæmon, Kronos and Osiris, whom his Armenian translator calls Jupiter.

No. 3 represents the Indian swine (Tapir Indicus); it expresses the syllablehere *SS* in *Sasotris, Ossimandya*. Consequently, we have the name of Mars. (Cramer, Anecd. II., 385.)

No. 4 is obviously the name of Venus. The sparrow-hawk was frequently rendered by *Kr*, and *Kóp-os, Kop η* is the name of Venus.

No. 5 is the name of Thoth, Mercury.

No. 6 is the Moon, following Mercury, as regards her velocity. The group contains the following Coptic words:

mk, mk, mk, tk, kp, the mighty goddess, the mother of the king (Menes). The first four hieroglyphs commonly stand after the names of the *defuncts,* to signify that the latter are deified. The root in these words is the Hebrew *mag,* Latin *magnus,* mighty.

No. 7 represents the Sun. The sparrow-hawk signifies the letters *kr,* meaning *kur* (sun), from which the name of *Cyrus* is derived.

Thus the principal object, viz.: the explanation of astronomical inscriptions of the Egyptians, Greeks and Romans, and the determination of the names of the planets, is reached.

The classic names of the 12 great gods, the wardens of the 12 signs, are specified in the "Calendaria rustica," and in the Greek and Roman names of the months. Nearly all ancient names of the months refer to deities as the wardens of the 12 signs.

It is to be regretted that the Egyptian names of the 12 great gods are broken off in the Turin Manetho, but this misfortune can be repaired. It is known that the signs of the Zodiac passed for the "houses of the planets," as the following scheme shows :

Hence, the Egyptians expressed a certain sign of the figure of that planet which was the warden of the same sign, and to distinguish the planets from the signs, the Egyptians put on the heads of the deities, which represented the wardens of the signs and not the planets, the figure of a *coblet,* meaning *abet,* house.

Moreover, as said before, several astronomical inscriptions enumerate the wardens of the signs according to their regular order. This is the case, for instance, with the three representations of the zodiacal gods on the Turin Zodiac, the mummy-coffin of Leeds, the granite sarcophagus, No. 3, in the British Museum, the planetary configurations on the great temple of Karnak, the temple of Pharaoh Horus, and many others. All these relics and monuments enumerate the 12 zodiacal gods in the same manner, and by comparing them with each other the names of the 12 gods representing the signs of the Zodiac are easily made out. This is, in short, the key to the numerous astronomical inscriptions of the Egyytians, Greeks and Romans. We specify the following planetary configurations already explained :

2780 B. C., Menes's arrival in Egypt.

2460 B. C., the reign of the second Chinese kings.

1951 B. C., close conjunction of Saturn and Jupiter in the sign of Pisces.

1780 B. C., coronation of Pharaoh Horus, the thirty-third king after Menes.

1730 B. C., coronation of Osimandya, the father of Ramses II., the thirty-seventh king after Menes.

1722 B. B., nativity of Osymandya's and Ramses's II. secretary.

777 B. C., celebration of the first Olympian games.

752 B. C., foundation of Rome.

489 B. C., battle near Marathon.

479 B. C., battle near Salamis.

62 B. C., nativity of Augustus.

40 B. C., nativity of Tiberius.

9 B. C., nativity of Claudius.

8 A. C., nativity of Vespasian.

37 A. C., nativity of Nero.

50 A. C., nativity of Domitian.

54 A. C., nativity of Trajan, etc.

It is, therefore, conclusive that the planetary configurations of the ancients form the most reliable basis for ancient history, and that their explanations form the most important discovery of the present century, as they will rectify the chronologies of the Egyptians, Greeks, Romans, Persians, Medians and Babylonians. How they will do this will be shown in the following paragraphs :

1. *The Canicular Periods.*

According to *Ideler* these periods of 1460 Julian years commenced 2781, and 1321 B.C. and 39 A.C., according to the planetary configurations they began, however, one year later. Ideler also forgot that *Spartian* puts the date of Antonius Prius, in whose first year the Canicular period was commenced, one year back (140 A. C.)

2. *The true Apis periods of 25 Egyptian years.*

These periods, beginning one year later than was formerly believed, were renewed from 2780 to 1320 B. C., in such a manner that when divided by 25 they leave 5 as a remainder. The same festivity took place from 1320 B. C. to 40 A. C. in those years, which being divided by 25 leave the remainder 25. This is important, because certain events of ancient history refer to years of the Apis periods.

3. *The Egyptian cyclus of 30 years.*

It is a singular phenomenon, that on the day of Menes's arrival in Egypt, the 16th day of July, which was the day of the summer-solstice, Saturn and Mars were in conjunction, and that the latter returned after 30 Egyptian years. This wonderful configuration took place from 2780 B. C. to 140 A. C., in those years which being divided by 30 leave 2 as a remainder; *e. g.*, in 202 B. C., in which Ptolomæus Epiphanes became king. This king was hieroglyphically represented by a bowl, a throat, and a bowl with a small stone in it, meaning "the lord of the sacrificial festivity." The same group we find added to many royal names, and hence the years are determined in which these kings were crowned. For instance, Ramses II. ascended the throne in 1724, and Thuthmos III. in 1892 B. C., as will be seen hereafter.

This period may be reduced to 3446 B. C., the year of the deluge.

4. *The Phœnix Periods.*

Nearly all sacred Egyptian records represent two birds in juxtaposition, one of whom is termed *chol*, the other *ben nab*. The former name probably designates Mercury, in Hebrew *chol*, and in Coptic *alloe*. The latter is obviously Venus, for *ben*, in Coptic *woin*, means resplendent, and *beni*, the crane, (not swallow) is the symbol of Venus. *Nab*, in Coptic *nav*, means "to be seen;" *ben nal*, therefore, may be translated as the "appearing, resplendent planet." The same crane, or phœnix, frequently conveyed the idea of *beauty*.

Venus, after certain intervals, crosses the disc of the sun, and this phenomenon gave rise to the classical myth, that Phœnix, the bird, sometimes burns itself in Heliopolis, *i. e.*, in the sun. The Egyptians and Romans mention many years in which the Phœnix consumed itself, and hence it is an easy task to fix the years in which Venus crossed the solar disc.

We shall refer to this matter again in a subsequent paragraph.

The True History and Chronology of Egypt.

The Pentateuch distinguishes three coëval kingdoms of Egypt, *vis.*, Pathros, which means in Coptic the Southern Country, and Mizraim, or the two Mazors, which comprised the Eastern and Western Delta. That Egypt was ruled simultaneously by three distinct dynasties is confirmed by several monuments. According to the Greek translation, made 273 B. C. by the famous historian and mathematician, Eratosthenes, the tablet of Abydos, at present in the British Museum, mentions 38 kings of Southern Egypt, who ruled from the time of Menes to that of Ramses II. This period occupied 1076 years, or rather 1106, as Stamenemes I. was omitted by the copyist. As the intervening years, in which Kings Horus, Osymandya, Ramses II. and Thuthmos III. were crowned, are fixed by planetary configurations, Menes could not have reigned prior to 2780 B. C. This is also confirmed by the Tablet of Karnak. This ancient inscription of 1866 B. C. specifies from Menes to Thuthmos III. (1866 B. C.), the 30th king after Menes, two series of kings, namely the kings of the Eastern and Western Delta; one line consisted of 32, and the other of 28 kings, both

being followed by Thuthmos III. As each king ruled for
about 29 years and a half, it is evident that Menes could
by no means have settled in Egypt previous to the year
2780 B. C.

Finally, the "*Vetus Chronicon*" of the Egyptians, as preserved by Syncellus, the renowned father of the church, expressly states that Menes entered Egypt at the beginning of
the Canicular period, in 2780 B. C.

Now, how did our Champollionists act on this question?

They ignored the fact that Menes's arrival in Egypt is
mathematically fixed by 14 astronomical monuments; they
ignored the fact that the Tablet of Karnak specifies 32 kings
of the Eastern and 28 of the Western Delta; they ignored
the fact that the kings of Mazor, with whom Abraham and
Isaac conversed, ruled over a small portion of Egypt only,
and not over the whole of it; they ignored the fact that Moses
distinguished three kingdoms of Egypt; they ignored the fact
that the "Vetus Chronicon" begins Egyptian history with the
commencement of the Canicular period, in 2780 B. C.;
they ignored the fact that the Abrahamites and Israelites
governed themselves only and not the whole of Egypt.
Our Champollionists authoritatively state that Manetho's
dynasties must have reigned in immediate succession.

Since 1839, to say nothing of earlier chimeras, the Christian world has been taught to believe that Menes reigned
before Christ 6467 (Henne) years, or 5867 (Champollion), or
5772 (Lesieur), or 5702 (Boeckh), or 5652 (Gudschmidt), or
5613 (Unger), or 5303 (Henry), or 4515 (Denormant), or 4890
(Baruchi), or 4455 (Brugsch), or 4400 (Pickering), or 4175
(Lauth), or 3895 (Hinchs), or 3892 (Lepsius), or 3623 (Bunsen), or 3187 (Mayer) years, and so on. The final conclusion was that, according to Lepsius, "the deluge was confined to a small portion of our globe, and that the chronology of the Bible was a myth." Is this not strange?

Manetho's Hyksos—The Israelites.

Josephus, the conscientious preserver of Manetho's Egyptian history, maintains that the *Hyksos*, or shepherd kings (the 7th dynasty of Manetho, coeval with the Theban kings), were the *Israelites*. He also mentions that *Yk* in the Egyptian language signified both king and servant, and that *sos* meant shepherd. This is correct. *Yk*, properly pronounced *wuk*, or *buk*, is the Coptic *bok*, servant. That the same word was a synonym for regent is not mentioned in our Coptic dictionaries, but is justified by the following facts:

The Egyptians worshiped the god *Besa*, a name which is, undoubtedly, a corrupted form of *Beka*, lord, because the oracle and the temple of Besa, the invisible god and creator of the universe, were located in Abydos.

In the Acts of Caluthus this god is called *Bes-amun*, and *amun*, as well as the Hebrew *amon*, signifies the glorious god. Hence, *Yk* means king.

Lepsius denies that Manetho's Hyksos were identical with the Israelites. He takes the Hyksos for a band of Assyrian robbers, who ruled over the whole of Egypt for a period of several hundred years, and states that the Israelites, ignored by Manetho, left Egypt during the reign of Ramses II., or about 1600 B. C.

The Turin Manetho, like Josephus, specifies 8 shepherd kings, and this dynasty is headed by a group, the name of which means "the reigns of the shepherds, namely, the judges of the herdsmen."

Is it true now that Manetho's Hyksos were a band of Assyrian robbers, or rather the judges of the herdsmen, the Israelites?

Joseph was, as it is well known, proclaimed *shalit* (governor) after his elevation, and, according to Manetho, as Josephus testifies, the second shepherd-governor was called *Salatis*, which is obviously the same name as *shalit*.

Moreover, Manetho reports that the shepherd-kings, after their expulsion, built Jerusalem. Who then told Lepsius that this was done by Assyrian robbers?

Josephus states that the Israelites lived for 215 years in Egypt; according to the Turin Manetho this period lasted 213 years, 1 month and 17 days.

The New York Obelisk and the Pharaoh Drowned in the Red Sea, 1866, B. C.

On January 22, 1881, the Alexandrian Obelisk, a gift of the Viceroy of Egypt, was re-erected in the New York Central Park. It represents the names of Thuthmos III. and of Ramses II., who lived 200 years later. The former was the noted Pharaoh, who perished, while pursuing the Israelites in the Red Sea, in 1866 B. C.

The year 2780 B. C., when Menes settled in Tanis and when the first Canicular period commenced, is, as we have seen, fixed with mathematical certainty. Manetho reports that the Israelites resided in the country of Goshen during the 700th year after the beginning of the Canicular period, consequently in the year 2080 B. C. Since they dwelt there for 213 years, 1 month and 17 days, it is evident that the Israelites crossed the Red Sea at Easter in 1866.

This statement is confirmed by the following facts:

Clement of Alexandria reports that the Israelites left Egypt 545 years prior to the beginning of the Canicular period (1320 B. C.), consequently in 1866 B. C.

Abarbanel, Josephus and many other Rabbinic authors state that three years and some months prior to Moses' birth a remarkable conjunction of the planets Saturn and Jupiter had taken place, viz., in 1951 B. C., and the famous astronomer Kepler demonstrated that such a conjunction occurs only once in 800 years. Moses must consequently have been born in 1947 B. C. When he led the Israelites out of Egypt he was 80 years and some months old. The exodus must, therefore, have taken place in 1866 B. C.

Let us now answer the question : Which of the Pharaohs perished in the Red Sea while pursuing the Israelites?

The Tablet of Abydos specifies 38 kings from Menes to Ramses II., who died, according to several astronomical inscriptions, about 1660 B. C. These kings, as stated by Eratosthenes, the famous historian, mathematician and translator of the Abydos Tablet, reigned for 1,076 or rather 1,106 years, as the copyists omitted Stamenes I.

As from the time of Menes to 1866 B. C. there are 914 intervening years, it is evident that Thuthmos III. must have reigned in 1866 B. C. This Thuthmos III. was the thirtieth king after Menes, and as each of these kings reigned 29½ years on an average, Thuthmos, the follower of the 28 and 32 kings of the Eastern and Western Delta, must have died about 1895 B. C.

The Tablet of Abydos reports that Horus was the fourth king after Thuthmos III., and the year 1780 B. C. has been astronomically ascertained as the year of his ascending the throne. Supposing now that each of the three kings from Thuthmos III.'s death to Horus' coronation in 1780 B. C. ruled for 29 years, our Thuthmos III. must have died in 1866 B. C., as said before. For 3×29=87 years, which, being added to 1780, give the year 1866.

Moreover, the sister obelisk in London testifies that Thuthmos III. was the " Lord of the Triaconta eteris," like Ptolemæus Epiphanes; *i. e.*, he began to rule in a year in which the period of 30 years after 2780 B. C. recommenced. All other years, after being divided by 30, leave the remainder 2; consequently Thuthmos III. must have reigned in 1892 B. C., in which the period of 30 years again began. According to Josephus, Julius Africanus, Eusebius and his Armenian translator, Thuthmos III. governed for 26 years; he was crowned in 1892 and died in 1866 B. C. And in this same year the Israelites crossed the Red Sea.

Finally, the Tablet of Abydos mentions four kings of the name of Thuthmos; Manetho calls them likewise Thuthmos, except the third one, whom he names *Mi-sph-rag-muth-os*. As no such royal name occurs on any Egyptian monument, it must, undoubtedly, refer to Thuthmos III. This strange name contains five Egyptian words, *viz.*, *Mi-suph*, the Red Sea; *rag* signifies, both in Hebrew and in Coptic, a bay or inlet; *muth* means died; *os*, the Hebrew *ish*, denotes a man. Hence the whole name or sentence is to be translated thus: " The man who perished in the bay of the Red Sea."

Manetho is certainly a reliable authority. He was a high-priest in the capital of Egypt, and was asked by King Ptolemæus (280 B. C.) to write the history of his country. He had personally examined the Tablets of Abydos and Karnak, and many other relics and monuments, so that he was in possession of ample material to perform his task. His work was copied by Josephus, Julius Africanus and Eusebius, whose translations are in perfect harmony with the Turin Manetho.

It is beyond all reasonable doubt that it was Thuthmos III. who perished in the Red Sea while pursuing the Israelites. And Thuthmos III. is the king mentioned on the New York obelisk, now about 3,750 years old.

Is it not a singular act of Providence that, after so long a time, the name of the hero of a tragedy, unparalleled in history, has come to light?

The Age of the Great Pyramids near Cairo.

Lepsius places these pyramids in the times before the great deluge, which he tries to prove by a passage of Manetho reporting that *"Suphis,"* the second king of the fourth dynasty, erected a great pyramid.

Suppose Manetho's dynasties to have ruled in succession, the fourth must have governed the whole of Egypt 762 years after Menes, or about 2000 B. C. At that time the Delta was not so densely populated as to detach 100,000 men for a period of ten years (as Herodotus tells us) for building the great pyramid.

Moreover, there is a great difference between *"Suphis"* and *"Cheops."* The builders of the great pyramids, Cheops,

Chephren and Micerinus, ruled in succession, and the fourth dynasty does not mention three kings with the names of Cheops, Chephren and Micerinus. In short, these great pyramids must have been built at a much later time.

The Arabian author, Aly Bey (Vol. 2, p. 25, Philadelphia edition) refers Cheops to 850 B. C. At that time the nine kings of Bubastis reigned, whose names have nearly all been preserved by Manetho's copyists. It is, therefore, probable that at that time the great pyramids near Memphis, built by Cheops, Chephren and Micerinus, were erected. At any rate, had they existed in Moses' time, they would have been mentioned in the Pentateuch.

The First Olympian Games in 777 B. C.

Since the publication of Petavius' "Doctrina Temporum" (Paris, 1627), the basis of all chronologies, it is universally believed that the first Olympian games were enacted in 775 (astr.) B. C. According to Livy and later authors, who mention the same games, the Olympiads must, however, have commenced two years earlier, which is confirmed by a planetary configuration, as described by Pindar and Pausanias, and referring to the year 777 B. C.

As the ancients were in the habit of commencing their cycles with O (naught), the mark *oi 1, 1*, signified that this respective event belonged to the first year after the end of the first cyclus of four Olympian years, beginning with the planetary configuration of the year 777, *i. e.*, during June of 775 B. C. Accordingly, the first year of any Olympiad commenced in June of such years B. C., which, being divided by four, leave the remainder *one*, that is, in the year 1 B. C. But after Christ the first year of an Olympiad began in June of such years which, being divided by four, leave the remainder three, i. e., in the years 3 A. C., 7 A. C. and so on.

The planetary configuration of the year 777 B. C. is of the greatest importance, as it post-dates all events of Grecian history by two years.

Greek, Babylonian and other Eclipses.

The present theory of the motions of the moon is based upon presumed Babylonian and classic eclipses. But as these eclipses do not agree with the Olympiads, by which the former must be two years post-dated, it came to light that the present theory of the secular motion of the moon, its apsides and nodes needs some corrections. This question was discussed *in extenso* by the writer in the "Transactions of the Academy of Science of St. Louis, Mo." (Vol. III., p. 401.)

Without a correction of the actual theory of the lunar motions, a great many classic eclipses would have been invisible, which are, however, reported by eye-witnesses.

The Solar Months of the Greeks.

Many centuries ago it was universally believed that the Greek months were lunar ones, *viz.*, those of Meton. The latter calendar, by the way, commenced one year later, and eleven days earlier than Ideler imagined, i. e., May 15th in 428 B. C. The lunar months commenced on days in which the crescent became visible; consequently the Greek full moons set in one day after the astronomical full moon. The Greeks regulated only their religious festivals by lunar months.

The following arguments demonstrate that the civil year of the Greeks was a solar one :

Theodos Gaza and Censorius, the most reliable chronologers of the ancients, testify that the Greeks not only used lunar but also solar years, and that they counted the years in which the Olympian games were celebrated leap years.

Menton's lunar year commenced on the 13th day of "Scirophorion," but no new moon can coincide with the 13th day of a lunar year ; consequently Scirophorion must of necessity have been a solar month.

The Battle of Marathon was fought on the 6th day of Boëdromion, 3 days after a full moon; but no full moon does set in on the 6th day of a lunar month.

The solar eclipse preceding the election of Kleon was seen on the 16th day of Anthesterion; but no solar eclipse coincides with the 16th day of a lunar month.

Alexander the Great was born on the 6th day of Hekatombæon, during the Olympian games, as celebrated from the 11th to the 16th day of the lunar month. Consequently the 6th day of Hekatombæon must have been a solar one.

A number of Greek inscriptions mention in juxtaposition dates of the lunar and dates of the solar years.

By means of these astronomical facts it was an easy task to fix the beginnings of the solar months of the Greeks, as follows: The Macedonian month commenced together with the Attic, and the Spartan solar year began two days later.

Attic.	Macedonian.	Julian Years.
Gamelion.	Apellaeos.	December 4
Anthesterion.	Audynæos.	January 3.
Eleiaphebalion.	Peritios.	February 2.
Munychion.	Dystros.	March 4.
Margelion.	Ysanthikos.	April 3.
Scirophorion.	Artemisios.	May 3.
Hekatombæon.	Dæsios.	June 2.
Metageiterion.	Panemos.	July 2.
Boëdromion.	Loos.	August 1.
Pyanepsion.	Gorpiæos.	August 31.
Mæmakterion.	Hyperberetæos.	Sept. 30.
Poseideon.	Dios.	October 30.

5-6 intercalary days, November 29.

The same solar calendar was already found in a Greek manuscript by Halma, but nobody was able to state to what Greek nation it referred.

The Seasons of the Greeks.

It is known that Thucydides and Xenophon divided the years into two equal parts. For further explanation we refer to the writer's "Corrections of the present History and Chronology of the Romans, Greeks, etc." Leipzig, 1855.

Corrections of the Present History of Greece.

B.C.

The first Olympian games celebrated a few days prior
    to the summer solstice 777
Ol. 1, 1 commenced with the same days in the year.... 773
Battle near Marathon on the 6th day of August....... 488
Battle of Thermopylæ during the Olympian games.... 477
Commencement of the Peloponnesian war by the
    Athenians. (Thuc. II., 21.)..................... 429
Cleon elected strategus (Arist. Nubes, 580.)........... 420
The Attic army and its general Nicias perish in Sicily
    (Thuc. VII., 30.) 410
The 22d year of the Peloponnesian war; the Piræus
    destroyed..... 401
Alexander the Great, born June 7th, during the Olymp-
    pian games...... 353
Battle near Arbela, September 10th, eleven days after
    the lunar eclipse, September 20th... 329
Alexander the Great dies in June 320

Corrections of Babylonian, Assyrian, Median, and Persian Histories.

B.C.

Battle on the Halys between the Medians and Lybians. 621
Mundane, Cyrus' mother born one year after the battle
    on the Halys.... 620
Nebuchadnezzar (Nabokolassar) conquers Jerusalem... 602
Cyrus born....... 596
Nebuchadnezzar destroys Jerusalem seventy years be-
    fore Cyrus' monarchy............... 583

Cyrus, being 62 years old, conquers Babylon (Dan. 6, 1). 534
Nineveh (Laryssa) destroyed subsequent to the solar
    eclipse in... 532
Cyrus, seventy years old, dies in the ninth year after the
    destruction of Babylon.......................... 626
Cambyses conquers Egypt during the renewal of an
    Apis period 520
Darius Hystaspes reigns............ 517
Xerxes at Sardis 478
Artaxerxes Longimanus dies....................... 422
Darius Nothus reigns................ 421
The thirteenth year of Darius Nothus................ 409
Artaxerxes Mnemon reigns........ 401
Darius Codomannus dies........................... 328

Corrections of Chinese History.

The Chinese Annals, like Manetho's *Sothio* and the *Vetus Chronicon*, contain an enumeration of kings from *Fohi* down to the present emperor. This Fohi, in whose days "the columns of the heavens broke down, and the fountains of the depths opened," is obviously *Noah*. The Chinese Annals place him unanimously in the year 3332 B. C., and the first Chinese king in the year 2598 B. C.

The second king of the first Chinese dynasty, who, as a matter of course, could not have reigned prior to the dispersion of the nations in 2780 B. C., as we have previously seen, ruled about the year 2460 B. C., as the planetary configuration of the same year, observed during his reign, evidences.

As the same king is said to have ruled for 78 years, *i. e.*, from 2513 to 2435 B. C., and as his predecessor may, like Menes, have ruled for 60 years, it is apparent that the first Chinese king reigned 138 years earlier, or about the year 2780, in which the dispersion of the nations took place.

The second date of Chinese history is fixed by a total eclipse of the sun observed in the reign of the fourth king of the second dynasty, or according to the Chinese annals from 2158 to 2145 B. C. Said eclipse took place in 2192 B. C. As the Chinese annals place Fohi nearly 114 years *too late*, it is probable that the fourth king of the second dynasty ruled some years earlier.

Corrections of Roman History.

Petavius' Roman History contains seven gross blunders :
Firstly. Petavius dates the foundation of Rome 753 B. C., but the planetary configuration and the solar eclipse observed at the time of the foundation of Rome place this event in the year 752 B. C. Hence it is evident that all events of Roman history are post-dated by one year. This is also confirmed by the celebration of the secular years counted from 752 and not from 753 B. C.

Secondly. Petavius authoritatively mentions two Consuls in 331 B. C., of whom neither the Fasti Capitolini nor Livy know anything.

Thirdly. Petavius shortened the reign of Julius Cæsar by one year, and allowed him only nine dictatorships, while all other historians unanimously speak of ten.

Fourthly. Petavius took the extraordinary Consuls, 47 A. C., for ordinary.

Petavius' Roman History may consequently be regarded as unreliable.

The following dates may, therefore, be considered real corrections of Roman history :

B. C.

Foundation of Rome on the day of the vernal equinox.. 752

The first year *post urbem conditam* begins January 1st.. 751

Romulus dies, June 5th, during a solar eclipse observed
   in Rome 715

The first consuls since the *Kal. August.*.......... 453

M. T. Cicero and C. Antonius, during whose consulates
   Augustus was born 62

Cæsar crosses in January the Rubicon; solar and lunar
   eclipses take place 47

The Antiquity of Astronomy.

The following facts demonstrate that the science of astronomy must be as old as the human race.

The millions of stars, as visible to the naked eye, may be
grouped in a thousand different ways, and yet we find the
constellations of our times recorded by the Romans, Greeks,
Babylonians and other nations.

The girdle of the starry heaven, within which all planets
revolve, may be divided into numberless sections, each of
which may be represented by numberless animals; and yet
it was divided into 12 parts, each sign into 3 decuriæ,
7 horia, 12 dodecatemoria, 30 degrees and so on, by the
Egyptians, Babylonians, Greeks, Romans, Persians, etc.
The zodiacs of the Mexicans and of other American nations
represent these 12 signs, with their subdivisions. The Zodiac
of Davenport, Iowa, depicts these 12 signs as follows:
Aries, Taurus, Gemini, Cancer, Leo, Virgo, Libra, Scorpio,
Sagittarius, Capricornus, Aquarius, Pisces. Moreover, these
signs of the Davenport Zodiac represent a planetary configuration by putting the 7 planets in certain signs, and this
planetary configuration belongs, as will be seen in another

place, to a very remote date. The planetary configuration observed on Menes' arrival in Egypt denotes the year 2780 B. C. or the 660th year after the Deluge, *i. e.* the summer solsticial day.

According to a Greek author Saturn stood during the deluge in the sign of Taurus, which relates to the year 3446 B. C.

Another Greek writer tells us that on the day of creation the dog-star Sirius rose helically. "Sirius qui ducit mundi initium." This phenomenon took place on the vernal equinoctial day in 5780 B. C. All ancient nations were aware of the fact that the fixed stars of the zodiac move every 2146 years 30°, or a whole sign, as we shall directly see.

Josephus, the best instructed man of ancient times, ascribes the first knowledge of astronomy to Seth, Adam's son. This fact is verified by a Theban papyrus, written in Greek, which reads thus: "The ancient wise Chaldeans, particularly Petosiris, and, before all, King Necheus, who were instructed by our Mercury and Aesculapius, *i.e.*, Imudi, the son of Vulcanus, delivered us the art of astronomy." Vulcan is the creator who, according to the "Vetus Chronicon," ruled prior to the planetary gods. Necheus is no doubt Noah, the pupil of Mercury (Thoth). Petosiris means "Creature of the Creator."

These facts prove beyond doubt that the knowledge of astronomy was extant prior to the deluge.

The World-Period, the three World-Ages, the Yugas and Avataras.

It is known that the fixed stars proceed from West to East, whilst the equinoctial points recede from East to West. The progression of the fixed stars is one degree in 72 years, 10° in 715, and 30° in 2146 years. The ancients of immemorial times were well acquainted with this fact, and ·ed the system of the great world-period of 36,000 years

on it. From the want of reliable astronomical instruments
they presumed that the progression of the fixed stars was
1° in 100, 10° in 1,000, and 30°, *i. e.*, one sign, in 3,000 years.
As the zodiac contains 12 signs, the ancients calculated that
after 36,000 years the starry heaven must have performed a
complete revolution. This period, termed by the ancients
the great world-period, consisted of 12 world-ages of 3,000
years each. As, however, the progression of the fixed stars
amounts to 30° (one sign) in 2,146 years, it is evident that the
ancient world-ages must have commenced 2,146 years after
the preceding ones. These periods of 2,146 years the East
Indians called *Yugas*. They also state at what time each Yuga
commenced. The present world-age is called *Kaliuga*,
which commenced 568 A. C. The Indian *Avataras* were
periods of 715 years; three of them formed one Yuga.
Even Hesiod (Georg. V., 141–174), refers to periods of 715
years.

The question, "In what year did the ancient world-ages
commence?" is answered by the planetary configurations as
observed at their beginning.

Fabari, an Arabian author, writes: "Know, the astronomers, Aristoteles, Hepparch, and all other previous masters
of astronomy, indicate what time will elapse from Adam
(peace be with him), to the day of the last judgment. The
afore-mentioned masters state that when the mighty and
incomparable God created the moon, the sun and the stars,
each of them stood in its place, according to the command
of the Lord.

Saturn stood in................. ....Libra, 21°
Jupiter stood in............. ... .Cancer, 15°
Mars stood in........... ... . Capricornus, 28°
Sun stood in...................................Aries, 19°
Venus stood in .... Pisces, 27°
Mercury stood in......................Pisces (Virgo), 15°
Moon stood in ....Taurus, 3°

The same planetary configuration is mentioned in all
ancient Egyptian, Greek and Babylonian astronomical
works.

Tne Babylonians call it "*Hypsomata*," *i. e.*, beginnings of the planets. Some astronomers, however, place the sun in *Aries 0°*, to indicate that the observation must be referred to the vernal equinoctial days, on which, according to the ancients, the creation took place. The computations give the year 5870 B. C. Even Macrobius states that on the day of creation the moon stood in the sign of *Cancer*.

The commencement of the second world-age in 3724 B. C. is fixed by the following passage of the *Zendavesta :* "At the beginning God created the man and the bull on a mountain, where they remained for 3,000 years without evil. This period comprises the first signs, namely, Aries, Taurus and Gemini. The next 3000 years which they passed without trouble and uneasiness are indicated by the signs Cancer, Leo and Virgo. But in the seventh millennium, corresponding to the sign of Libra, wickedness made its appearance. For 30 years the man tilled the ground and raised vegetables and other plants. When the millennium of Cancer commenced, Jupiter stood in Cancer, the Sun in Aries, the Moon in Taurus, Saturn in Libra, Mars in Capricornus, Venus and Mercury in Pisces. This planetary configuration took place May 7th, 3724 B. C., *i. e.*, 2146 years after the commencement of the first world-age.

The following passage from the *Ramayana* (I. 19) refers to the planetary configuration observed April 17th, 1758 B. C., at the beginning of the third world-age :

" On the 9th day of the month of Kaitru, under the lunar house presided over by Aditis, five planets stood in their hypsomata, Jupiter and the Moon rising together in the sign of Cancer."

The world-age beginning 568 A. C. is described in the later Vedas (Bentley, Historical View, 1825). It refers to the birth of *Krishna*, *i. e.*, Mars, the warden of the fourth world-age.

These world-ages of 2146 years were also known to the Greeks and Romans, but, as usual, obscured in myths. They fabled that from 5870 to 3724 B. C. Uranus and from 3724 to 1758 B. C. Saturn reigned, and Jupiter after him.

The Universality of the Deluge.

In ancient times it was generally believed that once a universal inundation of the whole globe had taken place, and that only eight persons were wonderfully saved from it, who afterwards transferred the arts and sciences of the antediluvians to the postdiluvians. At present this historical event is looked upon as a childish myth.

Careful examination of all ancient traditions concerning the condition and changes of our globe, and of numerous institutions and ceremonies found with all aborigines have brought to light that said deluge, notwithstanding our rationalistic philosophers, must have been universal.

In my pamphlet, " Die Allgemeinheit der Sündfluthsage," I have more fully specified the following facts :

Traditions of a universal deluge have been preserved by all known nations of antiquity, *e. g.*, Egyptians, Chaldeans, Indians, Phœnicians, Chinese, Greeks, Romans, Celts, Scandinavians, Hottentots, Mexicans, etc.

Many of these nations date this deluge back to the first century of the world.

All legends of the deluge relate the same characteristic particulars as described in the Bible. The legends of remote nations, such as the Chaldeans and the North American Indians, are essentially the same.

A few years ago a tablet was found in an Indian mound, near Davenport, Iowa, which represents the ark, more than 40 different animals proceeding from it, an old man and his wife, and three sons with their wives. Who told our Indians that our present animals proceeded from an ark, and that eight persons, four males and four females, were saved from the deluge?

The geological formation of our globe indicates a general deluge. In the New York Central Park, for instance, we find rocks weighing thousands of tons reposing on rocky hills; thousands of Indians would not have been able to roll them on these elevations.

If the Noachian Deluge had been but partial, all ancient nations would have invented different divisions of the zodiac, different constellations and a different chronology. And yet our constellations are the same as determined by Romans, Greeks, Egyptians, Babylonians, Chinese, etc. The girdle within which the planets revolve, could have been divided into a hundred different segments; nevertheless the Babylonians, Egyptians, Indians, etc., divided the zodiac into 12 parts, each sign into 3 decuriæ, 5 horia, and so on. They also indicated the 12 signs by the very same images. This is obvious even on the Davenport Tablet. The zodiac, moreover, was divided into 28 lunar stations by the Egyptians, Chinese, Babylonians, Mexicans, etc.

It is optional to have weeks of 5, 6, 7, 8 or 10 days, and yet the weeks of the Egyptians, Hebrews and Indians consist of seven days. More arbitrary it is to combine the days of the week in the following manner: Saturday, Sunday, Monday, and so forth. This combination is founded on the apparent velocities of the seven planets:
Saturn. Jupiter. Mars. Sun. Venus. Mercury. Moon.
  1   6   4   2   7   5   3
Take, beginning with Saturn, always the fourth planet and you will have the consecution of the days of the week. This system was followed by all nations of the globe. When the Spaniards came in contact with the American Indians, it was noticed that they had the same week and called the same day Sunday. Suppose the Deluge to have been but partial and science to have originated from different nations and not from one, each race would undoubtedly have its own notation, alphabet, etc.

All these facts prove beyond a doubt the universality of the deluge.

Most of these arguments have been conscientiously discussed *in extenso* by *Pojana* (Poligrapho di Verona, 1832, Tom. XI., 145–168), who writes :

" These testimonials of so many ancient writers leave no doubt in the mind of any sane man whether a universal inundation of our globe, by which the whole human race, save

one family, was exterminated, has taken place or not.
Would anybody, nevertheless, deny this general catastrophe,
as narrated, witnessed and verified by all nations, even by
those whose countries are far remote from each other;
would anybody, I say, deny that one family and a number
of animals could have been saved without Divine Providence ? Such denying will show how far self-stupefied in-
fidelity is capable of going, both in frivolously believing the
incredible and in madly condemning the credible."

The Origin of the Alphabet, 3446 B. C.

It is said and believed that our alphabet was invented by
Cadmus in 1500 B. C., but this cannot be considered a historical fact. In the New Testament we read of a book that
was written by Enoch 900 years prior to the Deluge. Pliny
says " æternus literarum usus." The Vedas and Avesta tell
us that prior to the Deluge sacred books existed and that, in
consequence of their loss, the human race became so wicked
that the Creator resolved to extirpate it.

The Koran (Sura 57) mentions that Noah was the author
of a book. Eusthadius knew that the Pelasgi were the
rescuers of the alphabet, and the Pelasgi were Noachides.
The same is attested by Syncellus (Chron., p. 40, ed. Paris,
1652). The invention of the alphabet is also ascribed to the
Phœnicians, but the ancients distinguished the Phœnicians
of the coast of the Mediterranean Sea from the Phœnicians
ab æterno, and Sanchunjathon calls, according to a note of
Eusebius, Noah "the first Phœnician." Menu, the progeni-
tor of all nations, wrote a book, as the East Indians confirm. It is true that Cadmus invented the alphabet, but
Cadmus means "ancestor," Noah. He was, like the latter,
the first planter of the vineyard.

All these and similar traditions concur in demonstrating
that the alphabet existed prior to the deluge. Now who is
capable of believing that during the antediluvian era, about
2,424 years, the human race remained unable to express the
words of its language by means of 25 characters.

The Noachian alphabet was a representation of the zodiac.

Sanchunyathon (1500 B. C.), the ancient historian of the Phœnicians, testifies that after the deluge "the divine *Taaut* (*i. e.*, the wise one, the tenth descendant of Protogenos), invented the sacred characters of the alphabet by representations of the heaven, namely the houses (signs) of the planets Saturn, Jupiter and others." The very same report is to be found in Chinese literature. Fohi, "who was saved with seven saints," the Chinese Noah, established the alphabet by contemplating the points (stars) of the great dragon Lung-ma (the snake-like winded zodiac). Berosius, the ancient historian of the Chaldeans, relates that *Sisatro*, about the time of the deluge, referred the alphabet to the zodiac, and after the end of the said catastrophe he delivered the letters to the human race. Cadmus ("the ancestor"), a Greek myth tells, killed (divided) the heavenly dragon (the zodiac), and from its teeth 50 giants (25 directed to the left and 25 to the right), arose who reduced themselves to five (the labials, liquids, dentals, nasals, gutturals), and by means of them Thebes (science) was constructed. Cicero defends the same tradition by reproducing the following myth: "Thoth (the wise one) killed (divided) Argus with his hundred eyes (the zodiac with numerous stars), and delivered the alphabet to the Egyptians, *i. e.*, to the world.

According to Pliny the *Mœrœ*, the divisions of the zodiac, invented the sacred letters. All these traditions, and a great many others, will convince us that the Noachian alphabet was a representation of the zodiac.

The next question for us to answer is: How many letters did the primitive alphabet contain? Plutarch writes that the Egyptian literature was based upon an alphabet of 25 letters, and as this literature, the oldest of the world, dates back to the year 666 after the deluge, we presume the Noachian alphabet to have consisted of 25 elements. This presumption is confirmed by the fact that several hieroglyphic figures harmonize with the Hebrew, or rather the Phœnician alphabet. We specify the following:

Phon.	Hierogl.	Names	
Ꝗ	⊟	ΦΔΤ,	vat
Я	Π	ꝰΗΠ	court
₹	ſ	ꝰϥω	serpent
Τ	ι	ΧΙΜΔ	knife
Β	⊟	ϧΔϹΙΤ	fence
ℓ	☞	ΤΟϮ	hand
Y	⊙	ΔΠϵ	head
Μ	≈	ΜΗΡϵ	sea
Ν	∼	ΝΟΥΝ	water
Ο	⊜	Τ:Ύ	eye
ꓶ	⊓	ϕΗ	heaven
9	ꝶ	ΧωΒΙ	lotus
Ψ	ꭘꭘꭘ	ωΗΝ	garden
Χ	◠	ΤΟΥ	mount

These letters prove that the hieroglyphic figures originated from the primitive alphabet; the Noachian alphabet, consequently, must have contained 25 letters, like the Egyptian fundamental alphabet, which is also stated by Plutarch.

Moreover, many other ancient alphabets, as derived from the primitive one, contain likewise 25 characters, *i. e.*, the Sanscrit, the Scythian, the Cadmean, Zend and Pehlvi, etc. It is also a fact that several ancient alphabets lost some of their letters. The Japanese and the Chinese alphabets contain 24 letters and the Hebrew only 22; but all alphabets of old have the same consecution of letters, hence it is easy to complete the incomplete ones.

As according to Egyptian authorities the primitive alphabet contained 25 letters, seven of which were vowels, and as the zodiac contained but 24 segments (semi-signs), it is evident that the first and the 25th letter of the Noachian alphabet must have occupied the same segment. This is confirmed by Irenæus, who says, " Novissima litera."

Further, the Noachian alphabet being a representation of the zodiac and the planets, always standing in one of the signs, it may be asked by what letters were the seven planets symbolized. This question is ably answered by Laurentius Lydus, Nicomachus, Irenæus, Pythagoras and others.

Alterations of the Primitive Alphabet.

The Phœnician characters of the alphabet are believed to be the oldest in existence, but in the course of time they underwent such changes in different ages and countries, that the superficial observer is apt to deny the derivation from one original alphabet.

The present Hebrew alphabet was after the Babylonian captivity invented by Esra, who gave to each letter a square form and dropped *u, e, i,* which he copulated with *f, h* and *ch.* In later times, in 800 A. C., the seven Hebrew vowels *a, è, é, e, i, o, u,* were deprived of any pronunciation and called *matres lectionum.* The Phœnician letter *Aleph,* which obviously represents an elephant's head with its prong and trunk, was changed into a bull-head. *Aleph* and *eleph*-as are the same words.

The Greeks likewise dropped superfluous letters and invented new ones. They appended to *a, e, o, u* an *i,* in order to express the sounds of *ä, é, ö, ü,* whilst the Romans expressed the same modified vowels by *æ, œ,* etc.

The Sanscrit letters are, apart from their fulcral lines, the transverted Zend and Pehlvi letters.

The cuneiform letters of the Persians totally differ from the Noachian alphabet, yet they preserved the same order.

The Origin of Egyptian Hieroglyphs.

Champollion's and his followers' foolish idea, according to which the primitive hieroglyphs consisted of a kind of ideological writing, needs no refutation, as it has fully been refuted by the antiquity of the alphabet. But why did the Egyptians not content themselves with the original alphabet of 25 letters, but invented 630 hieroglyyhic signs?

The Rosette Stone calls the demotic letters domestic, while the Tanis Stone terms them Egyptian. The hieroglyphic signs must, therefore, have been of foreign origin, but in use in Chaldea, from which Menes emigrated in 2780 B. C. The primitive natives of Chaldea had, undoubtedly, invented a syllabic method of writing similar to the Egyptians.

A syllabic system of writing existed in China. This ancient nation, as I learned from *Guitzlaff*, the celebrated missionary, expressed, for instance, the name of the city of *Cassel* by two hieroglyphs, of which the first denoted *Cas* and the second *Sel*.

It is also probable, that the syllabic cuneiform writing of the Assyrians was modelled after the same ancient method of expressing syllables by hieroglyphs, containing the same syllabic sounds.

The same is the case with the Japanese, who, although they had, like the Chinese, an alphabet of 24 letters, employed a great many syllabic characters.

I am even convinced that the hieroglyphs of the Mexicans, who immigrated from Japan and China, syllabically express Mexican words. Sooner or later it will be proved that the Mexican hieroglyphs represent the same consonantal syllables, as contained in the names of the respective images.

The Egyptians and their predecessors were compelled to excogitate syllabic signs for the purpose of comprehending, on the same spaces, a greater number of words and phrases possible by single letters.

Hebrew the Primitive Language.

Many famous scholars maintain Sanscrit to have been the primitive language of mankind, but Sanscrit is comparatively a modern language, and the fact that many Teutonic idioms contain some Sanscrit words proves too little, as the same idioms show more words of Hebrew than of Sanscrit origin.

Let us refer once more to the Noachian alphabet. By what purpose was its inventor moved to adopt the usual consecution of the consonants? The 7 vowels must be referred to those places in which the corresponding planets stood in the Zodiac. Each of the 18 consonants was, however, also entitled to a place, and in this way several thousands of alphabets could have been invented. In short, it is evident that the Hebrew or Phœnician alphabet is an inscription relating to the time of the invention of the alphabet.

It is also well known that each Hebrew or Phœnician letter represented an object of common life, and that the name of the letter was the name of the object represented by the figure of the letter. For instance, the letter *Aleph* represented an elephant, hence the name of it. *Beth* represented a vat; *teth*, a hand, etc.

There is no language in existence without Hebrew words or roots. The language of the *Curds*, or Chaldeans, contains numerous Hebrew words. The literature of the Egyptians dates back to the year 666 after the deluge, *i. e.*, to the time when Menes left Chaldea. The Coptic contains nearly one-third of pure and completed Hebrew words. All these facts prove that the inventor of the alphabet spoke a Hebrew dialect.

How may the 12 groups of the 12 signs of the zodiac be explained?

Hebrew	Transliteration	Meaning
א.ר.ב	aub,	the planetary configuration
גד	gad	of the earth
הו	hava	was
צֶ	ké	this
חה	ech	when
טא	hti	ended the
כל	Kalah	vastation
מֶן	main	of the water
סט	Sac	Hasten
עצ	paka	to extol
קר	kara	the name of
שדּ	shadar	the Almighty!

Aub is a planetary configuration denoting nativity. Gesenius interprets this word by ventriloquist.

God is simply the earth, as *Alergad* signifies the deity of the earth, the Egyptian Shmun.

Hava-ge are genuine Hebrew words.

Eck is the Hebrew, *aje*, where; the Hebrew *j* frequently stands for *ch*.

Chata, to go astray, is related to the Coptic *chet*, and the Latin *cando*.

Kala, destruction.

Maim, the ancient Chaldaic form of the Hebrew *maim*, water.

Who will now, deny that the primitive alphabet was not invented by Noah, 3446 B. C., and that the original language was not the Hebrew?

Laws Governing the Changes in all Languages.

When we compare modern dialects with the older, Italian with Latin, or German with Gothic, we observe that all languages change according to certain rules. These rules are of the greatest importance for the student of comparative philology, who wants, for instance, to reduce modern Coptic to older Egyptian words, as found in hieroglyphic literature. The fundamental law of linguistic alteration is the law of commodity. The ancients changed the difficult words for the easier, the longer for the shorter, the harder for the softer. The latter is especially obvious in the ancient and modern pronunciation of the Coptic and the Hebrew.

Chronology of the Old Testament.

Of the Old Testament two different chronologies are in use, that of the present Masoretic Hebrew text and that of the Greek text, as established 280 B. C. by the Septuagint interpreters. These two chronologies differ by nearly 2,000 years. Which is the true one?

This is an important question, because many anti-Christian authors call the Old Testament a collection of myths, because its chronology is at variance with the histories of Egypt and China, with the Pentateuch, Samaritan and other traditions.

The following arguments will demonstrate, that the chronology of the Septuagint, as followed by the majority of Christian churches in the Orient, is the true one.

The Septuagint was sanctioned by Christ, the Apostles and the Evangelists. The New Testament contains 182 quotations from the Old nearly all of which are taken from the Septuagint. St. Lucas, *e. g.*, mentions the Patriarch, Kainan II., whose name is contained in the Septuagint, but wanting in the Masoretic text. Suppose the Septuagint version to have been a corruption of the genuine text, as the Jews maintain, then Christ, the Apostles and the Evangelists would certainly have rejected it. The same argument was employed by St. Augustinus to vindicate the chronology of the Septuagint; it is sufficient for all who believe in a divine inspiration of the New Testament. But we shall add a few more arguments :

1. According to the present chronology, the Patriarch Methusalah would have died after the Deluge, which is an impossibility.

2. Philo and Josephus, two orthodox Israelites,who spoke and wrote the Hebrew, follow the chronology of the Septuagint, and not of the Hebrew text, because at that time no difference existed between these two texts.

3. The Fathers of the Church, without exception, even Hieronymus, the author of the Vulgata, testify that the Jews subsequent to the destruction of Jerusalem shortened Hebrew chronology to demonstrate that the true Messiah was to be expected 1500 years after Christ. This is confirmed by some Arabian authors, who had no personal interest in the question.

4. The original chronology of the Old Testament has been preserved in the Hebrew Bible of the Jews in Ethiopia, who maintain that they settled there in Solomon's times. This chronology is in conformity with the Septuagint.

5. The most learned theologians and historians have expressed their faith in the chronology of the Septuagint ; for instance: the *Catholics*—Julianus of Toledo (685 A. C.), Freret, Mailla, Petronius, Bonjour, Biachini, Tournemine, Porchetus, Hieronymus a. S. Fide, Galatius, Escatante, Leo a Castro, Hunthæus, Salmero, Gretserus, Peyva ab Andrata, Bellarminus, Baronius, Vatablus, Lorinus, Genebrandus, Isaac Couzen, Espeires, Huetius, Guadangolus; the *Protestants*—Casaubonus, Junius, Polanus, Mercerus, Rivetus, Chamierus, Amamus, Buxtorf, Hottinger, Pokok, Walton, Bochart, Flacius, Hunnius, Forster, Selneccer, Schnepfius, Moller, Schindler, Capito, Hokspan, Frischmuth, Kortholt, Sennertus, Friedlieb, Kipping, etc.

6. A great many planetary configurations refer to 5873, 3446, 2780, 1951, 1866 B. C. They were real observations, for the ancients, not knowing the Copernican system and

possessing no planetary tables, could not compute the previous places of the planets.

The following are the principal epochs of our sacred history :

5870. May 1st, Creation of the World.
3446. September 7th, End of the Deluge.
2780. Dispersion of the Nations in Peleg's days.
2293. Abraham in Canaan and Egypt.
2104. Joseph sold to the Egyptians.
2080. Israel obtains the Province of Goshen.
2011. Joseph dies. A few years afterward the Israelites were persecuted.
1982. Amos II. conquers the Delta, according to Eratosthenes.
1947. Birth of Moses, 3½ years after, a conjunction of Saturn and Jupiter in the sign of Pisces took place.
1892. Thuthmos III. reigns.
1866. Exodus. Thutmos III. is drowned in the Red Sea.
1070. Saul, King of Israel, is anointed.
1029. King David anointed.
 989. Solomon succeeds David.
 979. Solomon's temple inaugurated.
 949. Rehoboam. Division of Juda and Israel.
 720. The Kingdom of Israel destroyed by Salmanassar.
 602. Beginning of the Babylonian captivity.
 584. Destruction of Jerusalem by Nebuchadnezzar.
 532. Cyrus conquers Niniveh. End of the Babylonian Captivity.
  62. Birth of Augustus. Cicero's Consulate.
  34. Herod, King of Juda, conquers Jerusalem.

Daniel's Seventy Weeks.

Before giving the exact dates of the history of the New Testament, it is necessary to explain Daniel's weeks and the condition of the Hebrew Calendar, without which the present chronology of the New Testament cannot be satisfactorily corrected.

Censorius and other ancient authorities report the term *year* (annus, abot, shanah, etc.) signified different periods, as one month, two, six and twelve months. The ancient terms for year mean, therefore, a period, a cyclus. This is the key to the *weeks of Daniel*.

In *Daniel*, chap. IX., verse 25, we read: "Know, therefore, and understand that from going forth of the commandment to restore and build Jerusalem unto the Messiah, the Prince, shall be seven weeks, and three score and two weeks; the street shall be built again and the wall, even in troublesome times."

The other prophecy reads thus: "And after threescore and two weeks shall Messiah be cut off, but not for himself." "And he shall confirm the covenant with many for one week, and in the midst of the week he shall cause the sacrifice and the oblation to cease."

From the words "he shall teach *one week*, and in the *midst of the week* he shall die," we learn that Christ's prophetic office of one week must contain a *septennium* different from that in the midst of which Christ was to be crucified.

The explanation of Daniel's week is, in short, the following: He counts from 532 B. C., or from the year in which Cyrus allowed the Jews to return to Jerusalem, first, seven weeks of years of 24 months each, accordingly 98 common years, then he counts 62 additional prophetic years of 12 months each, or 434 years, which summed up give 532 years. As from Cyrus (532 B. C.) to the birth of Christ 532 years elapsed, the latter event took place at the beginning of our Christian era.

Daniel, beginning with 532 B. C., counts up to the death of Christ 20 weeks of 14 years each, *i. e.*, 280 years, and two weeks of 3½ years each, or in all 567 common years. Daniel, consequently, places the death of Christ in the 33d year of our era.

Daniel predicted that Christ's prophetic ministry would last one week of 3½ years. All his prophecies were, as we shall see presently, wonderfully fulfilled.

The Solar Years of the Hebrews.

Many passages of the Old and New Testaments, of Josephus, and of the Talmud, clearly demonstrate that the Hebrews used two different solar years, a civil and an ecclesiastic one.

The history of the deluge is based on solar months of 30 days, and not on months of 28 or 29 days.

Solomon installed 12 officers, and not 13 for the 13 months of the lunar year. Also David had 12 monthly guards. Daniel and the Revelation frequently speak of 3½ years numbering 1,260 days, because each month consisted of 30 days.

The months of the ancient Arabians, derived from the Hebrew, were solar months of 30 days.

Josephus and Philo state that Easter always coincided with the vernal equinoctial day, which would have been impossible according to the *lunar* months.

The Fathers of the Church unanimously state that Christ's resurrection took place on the vernal day—an impossibility according to *lunar* months.

Josephus repeatedly parallels the days of the Hebrew months with Greek dates, and the months of the Greeks were *solar*.

The Fathers of the Church state that Dionysius Areopagita, while traveling in Ethiopia, witnessed a solar eclipse on the 14th day of Nisan—an impossibility according to lunar months. By the way, this eclipse was invisible in Palestine, and consequently it cannot be identical with the supernatural obscurities of the sun during the Crucifixion.

The months of the civil year of the Hebrews began 16 days later.

By means of astronomical and historical facts, we obtain the following ecclesiastic and civil calendars of the Hebrews:

CIVIL MONTHS.

Nisan 1........... ....March 22.
Ijar 1............. ....April 21.
Sivan I. ....May 21.

Thammus 1.............................. ....June 20.
Ab 1.......... ....July 20.
Elul 1......... ....August 19.
Thishri 1...... ....September 18.
Marchesvan 1..... ....October 18.
Kislev 1......... ....November 17.
Tebet 1............. ....December 17.
Shebat 1............·.............. ....January 16.
Adar 1...... ....February 15.
‡ Intercalary days................... ....March 17.

ECCLESIASTIC MONTHS.

Nisan 1. ....March 6.
Ijar 1........ ....April 5.
Sivan 1....................................May 5.
Thammus 1................................June 4.
Ab 1..................................... ....July 4.
Elul 1........... ....August 3.
Thishri 1 ....September 2.
Marchesvan 1..... ....October 2.
Kislev 1 ....November 1.
Tebet 1............. ....December 1.
Shebat 1.... . ... December 31.
Adar 1 .... January 29.
‡ Intercalary days...... .... March 1.

Chronology of the New Testament.

The following are the principal epochs of the New Testament:

1. *Birth of Christ.* Herodes, the Great, conquered Jerusalem September 11th (a Saturday), during the consulates of Pulcher and Flaccus, 35 B. C. He reigned, according to Josephus, for 35 years. He died, consequently, in the first year of our Christian era. This is also verified by the lunar eclipse on January 9th of the first year of our era.

Since the beginning of the Christian Church the 24th day of June was celebrated as the birthday of John, the Baptist,

who was six months the senior of Christ, which makes the
25th of December the birthday of the latter.

2. *Christ's baptism and prophetic ministry.*

According to St. Luke (III. 1–21), Christ was baptized in
the 15th year of Tiberius, almost 30 years old. This year of
Tiberius commenced with the death of Augustus on the
19th day of August, A. D. 16. In the Roman provinces,
however, the first year of an emperor was counted from the
preceding new year's day, *i. e.*, from the 18th day of October.
Christ was, consequently, baptized between October 18th
and December 24th in the year 29 A. C., and commenced to
teach, 30 years old, after December 24th, 29 A. C. His
prophetic ministry lasted to the day of his crucifixion, three
years and three months, or three years and six months to
his ascension, as Daniel predicted and the Evangelists
witness.

The Martyrdom of St. Peter and St. Paul.

Eusebius states that both of these apostles died during
the 13th year of Nero, which extended from October 13th
A. C., 67 to 68. Hieronymus postpones Nero by one year,
but as he predates his era by one year, the reports of each
are in harmony. This year is also astronomically fixed by
a solar eclipse in 67 A. C. (May 31), which Apollonius refers
to the 12th year of Nero. In the preceding year no eclipse
could have taken place. The same year is confirmed by
Clemens Romanus, who lived at that time in Rome. He
states that both of the Apostles died in the year, in which
Nero attended the Olympian games, which were notoriously
postponed by one year, consequently in 68 A. C.

This is also explicitly confirmed by the "*Martyrologium,
Pauli,*" according to which the Apostles were put to death
"III. Kal. Jul." (June 29) in the 69th year after Christ's birth,
and in the 36th year after the crucifixion. For Christ was
born a few days prior to the beginning of the Christian era,
i. e., Anno Mundi 5870, and adding 68 years we have the
year 5938 A. M., or 68 A. C.

The crucifixion took place March 19, A. C. 33; adding to this year 35 years we have again the year 68 A. C., the date the martyrdom of St. Paul and St. Peter.

Destruction of Jerusalem, 71 A. C.

In consequence of Petavius' erroneous chronology, the opinion has become universal that Jerusalem was destroyed 70 A. C. But as Julius Cæsar and Augustus died two years later than Petavius imagined, it is evident that Vespasian's second year, in which Jerusalem was laid in ruins, must be referred to 71 and not 70 A. C. The year 71 A. C. is also confirmed by Josephus, who states that Jerusalem was conquered by Titus subsequent to a sabbatical year.

*   *   *

The apologetic publications of the author need no explanation, their contents being indicated by the titles.

BIBLIOGRAPHY.

1818—20. — Naturhistorische Aufsätze in Gilbert's "Annalen der Physik." Leipzig.

1821. — Beobachtungen an einer spontanen Sonnambule, in Eschenmeyer's "Archiv für thierischen Magnetismus." Leipzig,

1823. — De pronunciatione vocalium Graecarum veteribus scripturae sacrae interpretibus usitata. Particula I. Leipzig, Relam.

1824. — Ueber die ursprünglichen Laute der hebräischen Buchstaben. Ein Beitrag zur Dialectologie der semitischen Völker. Leipzig, Reclam.

1824. — Ueber den Begriff, den Umfang und die Anordnung der Hermeneutik des Neuen Testamentes, Leipzig, Reclam.

1824. — De sonis literarum Graecarum tum genuinis, tum adoptivis libri duo. Accedunt commentatio de literis Graecorum subinde usitatis, dissertationes index et tabulae duae. Cum epistola Godofredi Hermanni. Leipzig, Vogel.

1824—34. — Kritische Aufsätze und Anzeigen betreffs philologischer, archäologischer und theologischer Werke in der "Literaturzeitung." Leipzig, Breitkopf & Härtel.

1825. — Einige Bemerkungen über die sogenannten Hühnengräber in Deutschland, im ersten Bande der "Schriften der deutschen Gesellschaft zur Erforschung und Bewahrung vaterländischer Alterthümer." Leipzig, Vogel.

1825. — Memoria F. A. G. Spohnii. Leipzig, Weidmann & Reimer.

1825.— F. A. G. Spohn, de lingua et literis veterum Aegyptiorum, cum permultis tabulis lithographicis, literas Aegyptiorum tum vulgares, tum sacerdotali ratione scriptas explicantibus atque interpretationem Rosettanae aliarumque inscriptionum et aliquot voluminum papyraceorum in sepulcris repertorum exhibentibus. Accedunt Grammatica atque Glossarium Aegyptiacum. Pars I. Leipzig, Weidmann & Reimer.

1825.— De hieroglyphica Egyptiorum scriptura dissertatio, cum IV tabulis. Leipzig, Barth.

1826.— Bemerkungen über die Egyptischen Papyrus auf der königl. Bibliothek zu Berlin; mit 4 Tafeln. (Auch unter dem Titel "Beiträge zur Kenntniss der Literatur, Kunst, Mythologie und Geschichte des Alten Aegypten.") Leipzig, Barth.

1826.— Rudimenta Hieroglyphices. Accedunt explicationes speciminum hieroglyphicorum, Glossarium atque alphabeta cum XXXVI tabulis lithographicis. Leipzig. Barth.

1826—29. — Museographische Aufsätze aus Deutschland, Italien, Frankreich, England und Holland, in Böttiger's "Zeitschrift für Kunst" und der "Literaturzeitung." Leipzig, Breitkopf & Haertel.

1827.— Difesa del sistema geroglifico dei Signori Spohn e Seyffarth. Torino, Sylva.

1827.— Brevis defensio hieroglyphices inventae a F. A. G Spohn et G. Seyffarth. Leipzig, Barth.

1827.— Réplique aux objections de M. Champollion contre le systême hiéroglyphique de MM. Spohn et Seyffarth. Leipzig, Barth.

1828.— Remarks upon an Egyptian History in Egyptian Characters in the Royal Museum of Turin ; with Reference to an article in the Edinburgh Review. — "London Literary Gazette," No. 600, p. 457.

1829. — Bemerkungen über das Aegyptische Ziffersystem, in "Intelligenzblätter zur Leipziger Literaturzeitung" (Septembernummer). Leipzig, Breitkopf & Haertel.

1829.— Archäologische Aufsätze in Böttiger's "Wegweiser im Gebiete der Künste und Wissenschaften." Dresden, Arnold.

1831.— Fr. Guil. Aug. Spohn, De lingua et literis veterum Aegyptiorum cet. — Pars II. Prodromus cum XII tabulis lithographicis. Leipzig, Weidmann.

1833.— Systema Astronomiae Aegyptiacae quadripartum. Conspectus astronomiae Aegyptiorum mathematicae et apotelesmaticae. Pantheon Aegyptiacum sive symbolice Aegyptiorum astronomica. Observationes Aegyptiorum astronomicae hieroglyphice descriptae in Zodiaco Tentyritico, Tabula Isiaca sive Bembina, Monolitho Amosis Parisino, Sarcophago Sethi Londinensi, Sarcophago Ramsis Parisino papyrisque funeralibus, annis 1832, 1693, 1104 a Chr.; 37, 54, 137 p. Chr.; cum corollariis chronologicis, historicis, mythologicis, philologicis, exegeticis, astronomicis atque palaeographicis. — Lexicon astronomico hieroglyphicum cum permultis figuris impressis. Accedunt index universalis atque tabulae X lithographicae cum colorata tituli. Volumes 2—5 of "Beiträge zur Kenntniss des Alten Egyptens." Leipzig, Barth.

1833—34.— Kritiken und Anzeigen archäologischer und mythologischer Werke im Repertorium der Literaten. Leipzig, Brockhaus.

1834.— Ueber die höchsten acht Gottheiten, oder die Kabyren der germanischen Völker in Bezug auf die acht Kua's der Chinesen, nach einer chinesischen Münze im Kabinet der deutschen Gesellschaft zu Leipzig. Ein Beitrag zur Religionsphilosophie und Religionsgeschichte der alten Völker. Nebst einer Tafel. In Illgen's "Zeitschrift für historische Theologie," Bd. 4. Heft 2. Leipzig, Barth.

1834.— Uebersicht der ägyptischen Literatur seit Entdeckung der Inschrift von Rosette, bis zum Jahre 1834, in "Neue Jahrbücher für Philologie und Pädagogik" von Seebode, Jahn und Klotz. Bd. 3, Heft 1. Leipzig, Teubner.

1834.— Merkwürdige Stelle aus den Religionsschriften der alten Parsen. Illgen's "Zeitschrift für historische Theologie." Bd. 5, Heft 1. Leipzig, Barth.

1834.— Erklärung einer Stelle in Sanchuniathon's Geschichte nach Philo Byblius, Uebersetzung bei Eusebius. "Neue Jahrbücher für Philologie und Pädagogik," von Seebode, Jahn und Klotz. Leipzig, Teubner.

1834.— Unser Alphabet ein Abbild des Thierkreises mit der Konstellation der sieben Planeten u. s. w. Erste Grundlage zu einer wahren Chronologie und Kulturgeschichte aller Völker. Mit einer lithographischen Tafel. Leipzig, Barth.

1835.— Bemerkungen zu Seetzen's "Alterthümer in Aegypten." In Seetzen, "Reisen im Oriente," herausgegeben von Hofrath Dr. Krause in Dorpat.

1836.— Moses auf Sinai. Oratorium in 3 Abtheilungen, in Musik gesetzt von C. L. Drobisch. Leipzig, Ries.

1839.— Die Sündfluth. Leipziger Tageblatt vom 23. Nov.

1839.— Unumstösslicher Beweis, dass im Jahre 3446 v. Chr. die Sündfluth geendet und das Alphabet aller Völker entstanden sei. Ein Beitrag zur wahren Zeitrechnung und Kulturgeschichte. Leipzig, Schultze und Thomas.

1840.— Alphabeta genuina Aegyptiorum, signis ipsorum numericis, consecuta nec non Asianorum litteris Persiarum, Medorum, Assyriorumque cuneoformibus, Zendicis, Pehlvicis et Sancriticis subjecta. Accedit dissertatio de mensuris in S. S. obvicis per antiquas uluas Aegyptiacas Taurinencem, Parisiniam, Lugdunensem illustrato. Cum VI tabulis alphabeticis, Lipsiae, Barth.

1840.— Zwei archäologische Fragen. In "Archiv für Philologie und Pädagogik," von Seebode, Jahn und Klotz. Bd. 4, Heft 2.

1841.— Neue Beiträge zur indischen Mythologie und Allgemeinen Religionsgeschichte. In Illgen's "Zeitschrift für wissenschaftliche Theologie." Heft 3.

1842.— Ein merkwürdiger Sarkophag mit erhabenen Hieroglyphen von Cedernholz im Archäologischen Museum zu Leipzig. "Blätter für literarische Unterhaltung," Dezember 1842, in "Illustrirte Zeitung," No. 17, Leipzig, 1843.

1843.— Ueber das Papier der Alten nach Plinius und der Papyrusstaude im botanischen Garten zu Leipzig. Mit einer lithographischen Tafel. In Neumann's "Serapeum," February 15.

1843.— Grundsätze der Mythologie und alten Religionsgeschichte und der Hieroglyphensysteme. Leipzig.

1844.— Der römische Obelisk an der Porta del popolo und Hermapion's Uebersetzung desselben. In "Repertorium der deutschen und ausländischen Literatur," 3. Jahrgang, Leipzig.

1845.— Die Obelisken an der Porta del popolo in Rom. "Illustrirte Zeitung," September.

1846.— Chronologia Sacra. Untersuchungen über das Geburtsjahr des Herrn und die Zeitrechnung des A. und N. T. Leipzig.

1846.— Mittheilungen über das Turiner Exemplar der heiligen Schriften der alten Aegypter (Lepsius' Todtenbuch"). In "Jahresberichte der deutschen orientalischen Gesellschaft," P. 71.

1846.— Uebersetzungen egyptischer Texte nach Champollion's und des Verfassers System. "Verhandlungen der Mitglieder der deutschen orientalischen Gesellschaft," Vol. I.

1846.— Ursprung der alten Monatsnamen, mit einer Uebersicht der alten Chronologie. "Illustrirter Kalender," Leipzig.

1846.— Drei Scarabäen mit Königsnamen zu Jena. "Jahresbericht der deutschen morgenländischen Gesellschaft."

1847.— Ueber Champollion's Hieroglyphensystem, seine Grammatik und sein Lexikon. "Jenaische Literaturzeitung," August 27.

1848.— Haben die Ebräer schon vor Jerusalems Zerstörung nach Mondmonaten gerechnet ? "Zeitschrift der deutschen morgenländischen Gesellschaft." P. 344.

1848.— Die Sonnen- und Mondfinsternisse der Alten. "Archiv für Philologie und Pädagogik," von Seebode, Jahn und Klotz. Heft 4.

1849.— Der Phönix und die Phönixperioden. "Zeitschrift der deutschen morgenländischen Gesellschaft," P. 63.

1849.— Kritik der egyptischen Chronologie nach Lepsius, "Repertorium der Literatur," Bd. 2. Leipzig.

1852.— Zurückweisung der Lepsius'schen Theorie, nach welcher die Planetenstellungen auf den egyptischen Monumenten Sonnengötter repräsentiren. In "Repertorium," Bd. 1. Leipzig.

1853.— Ueber de Rougé's "Memoire sur le Tombeau d'Ahmes." "Repertorium der Literatur," Bd. 1.

1853.— Beiträge zur Geschichte der Astronomie. In Jahn's "Astronomische Unterhaltungen," July 8.

1853.— Widerlegung von Gumbach's Angaben, nach welcher die Hebräer vor der Zerstörung Jerusalems nach Mondmonaten rechneten. "Göttinger gelehrte Anzeigen" June 13.

1853.—Würdigung von Uhlemann's "Interpretatio Rosettanae." "Repertorium der Literatur," Bd. 4.

1854.— Der egyptische Sarcophag aus Memphis in der k. k. Ambros. Sammlung zu Wien. "Illustrirte Zeitung" April 15. Leipzig.

1854.— Egyptische Alterthümer. Im Anhange zur deutschen Uebersetzung von Layard's "Niniveh." Leipzig.

1855.— Der Arragonit-Sarkophag in Saone's Museum zu London. "Illustrirte Zeitung," No. 614. Leipzig.

1855.— Bemerkungen über Zech's Preisschriften über die Finsternisse im Almagast und die wichtigsten Finsternisse der Griechen und Römer. "Göttinger gelehrte Anzeigen," No. 125.

1855.— Grammatica Aegyptiaca. Erste Anleitung zur Uebersetzung egyptischer Literaturwerke. Mit 92 Lithographien und der Geschichte des Hieroglyphenschlüssels. Gotha, Perthes.

1855.— Theologische Schriften der alten Egypter nach dem Turiner Papyrus zum ersten Male übersetzt. Nebst den zweisprachigen Inschriften auf dem Steine von Rosette, dem Flaminischen Obelisken, dem Thore von Philä, der Tafel von Abydos, der Wand von Carnak und anderen. Gotha, Perthes.

1855.— Berichtigung der römischen, griechischen, persischen, egyptischen und hebräischen Geschichte und Zeitrechnung auf Grund neuer historischer und astronomischer Hilfsmittel. Mit einer xylographischen Tafel. Leipzig.

1855.— Hat Moses den Pentateuch noch nicht schreiben können, weil es damals noch kein Alphabet gab? "Deutscher Kirchenfreund," P. 259.

1856.— Geschichte des vorsündfluthlichen Thierkreises zu Paris. "Lutherischer Herold" January 16, und "Lutheran Standard," April 4, 1857.

1856.— Hat Christus zwei oder drei Tage im Grabe gelegen? "Lutherischer Herold," June 15.

1856.— Ist Christus wirklich 1500 Jahre vor der Zeit, welche Gott durch den Mund der Propheten bestimmt, in die Welt gekommen? "Deutscher Kirchenfreund" (Philadelphia), Februar und März, und "Lutheran Standard," April, Mai und August.

1856.— Werden die geschichtlichen Ueberlieferungen der heil. Schrift durch die Geschichte Egyptens widerlegt? "Deutscher Kirchenfreund," P. 145.

1856.— War die Sündfluth keine allgemeine, sondern nur eine partiale? "Deutscher Kirchenfreund," P. 192.

1856.— Gehört der Aufenthalt der Hebräer in Egypten wirklich zu den blossen Mythen des A. T.? "Deutscher Kirchenfreund," P. 337.

1856.— Haben die Propheten die Babylonische Gefangenschaft übertrieben? "Deutscher Kirchenfreund," P. 341.

1857.— Notice of a burnt brick from the ruins of Niniveh, with a plate. "Transactions of the Academy of Science of St. Louis, Mo." Vol. 1, p. 64.

1857.— Summary of recent Discoveries in Biblical Chronology, universal History and Egyptian Archæology, with special reference to Dr. Abbott's Egyptian Museum in New York. With a translation of the first sacred book of the ancient Egyptians. New York. H. Ludwig.

1857.— Uebersicht neuer Entdeckungen in der biblischen Zeitrechnung, allgemeinen Weltgeschichte und egyptischen Alterthumskunde, nebst Uebersetzung des ersten heiligen Buches der alten Egypter. New York, H. Ludwig.

1857.— To the Author of "Queries" in regard to the "Lectures on Egyptian Antiquities." "Gettysburg Evangel. Luth. Quarterly." Vol. IX, p. 58.

1857.— Die wahre Zeitrechnung des A. T. Nebst einer Zeittafel des N. T. Ein Hilfsbüchlein für christliche Bibelleser. St. Louis, Mo. N. Niedner.

1857.— Ist Christus wirklich nicht in den Jahren und an den Tagen geboren und gestorben, welche die Propheten, Evangelisten und Kirchenväter angaben? "Lutherischer Herold," Nos. 158—60.

1858.— On Theon's Canicular Period. "American Church Monthly." New York, April.

1859.— A remarkable Seal in Dr. Abbott's Egyptian Museum in N. Y. "Transactions of the St. Louis Academy of Science." Vol. I, p. 249.

1859.— An astronomical inscription concerning the year 1722 B. C. "Transactions of the St. Louis Academy of Science," vol. I, p. 356.

1860.— A remarkable Papyrus scroll written in Hieratic characters, with 16 lithogr. Plates. "Transactions of the St. Louis Academy of Science," vol. I, p. 527.

1860.— Die Keilschrift. "Lutherischer Herold," No. 218 und "Kalender der N. Y. Tractat-Gesellschaft."

1860.— Eingang zum unterirdischen Tempel Ramses des Gr. zu Abussimbil in Nubien. "Luth. Herold," No. 219 und "Kalender der N. Y. Tractat-Gesellschaft."

1860.— Das tausendjährige Reich im Lichte der Offenbarungen im N. T., mit Rücksicht auf den neuesten Chiliasmus. New York, H. Ludwig.

1860. — Die Pyramiden in der Bibel. "Luther. Herold," No. 231 ; "The World," N. Y., August 11th, und "Lutheran Standard," No. 536.

1861. — Chiliasm critically examined according to the statements of the New and Old Testaments. With reference to the most recent theory of the Millennium. New York, Westermann & Co. und "Gettysburg Evang. Luth. Review," Vol. XII, pp. 341—401.

1861. — Der Ehinger'sche Chiliasmus. "Luther. Kirchenbote," Mai 24.

1861. — The Chronology of the Septuagint. "N. Y. Quarterly Review and Church Register," Vol. VIII, Nos. I und II.

1861. — Christian Astronomy. "Lutheran," Vol. II, Nos. 11—21. Philadelphia.

1861. — Planetenkonstellation bei Samsaddin Muhammed bin Ahmed 'Assar vom Jahre 1377 v. Chr. "Zeitschrift der deutschen morgenländischen Gesellschaft," Vol. 15, P. 393.

1862. — Ist die gegenwärtige Negersklaverei in Uebereinstimmung mit der Schrift oder nicht ? "Luther. Herold," Okt. 15 and Nov. 1.

1863. — Der amerikanische Kalendermann. Kurze Erklärung des Kalenders und seiner Bedeutung für alle Jahre. New York ; H. Ludwig.

1863. — Ist die Erhaltung und Verbreitung der gegenwärtigen Negersklaverei eine Sünde oder nicht? "Luther. Herold," Nos. 302—303 and "Lutheran" (Philadelphia) Nos. 103 and 104.

1864. — The Original of Manetho's History of Egypt. "Proceedings of the American Oriental Society," p. XXIX.

1864. — Die Israeliten in Egypten nach Manetho's Handschrift in Turin. "Luther. Herold," Mai 7.

1869. — Hat Rom St. Peters-Jubiläum im richtigen oder falschen Jahre gefeiert ? „Luther. Kirchenblatt der Synode vom Staate New York," P. 19.

1872. — Chronology of the Roman Emperors from Caesar to Titus, with reference to the New Testament. "Gettysburg Quarterly Review," Fasc. I, p. 47. — Rudelbach's „Zeitschrift der lutherischen Theologie," (Leipzig) p. p. 50—76 and Brobst's „Theologische Monatshefte," June and July (Allentown).

1872. — Lepsius' and Reinesch's Interpretation of the Tanis stone critically examined. "Proceedings of the American Oriental Society," May.

1877. — Rehoboam's Age illustrated by the Geographical Tablet of Shishak. "Lutheran Standard," March, 1877.

1877. — Corrections of the present theory of the Moon's motions according to the classic eclipses. "Transactions of the Academy of Science of St. Louis," Vol. III, p. 401.

1877. — Review of important Egyptian antiquities discovered since the Rosette Stone in 1799.

1. The Obelisk translated by Hermapion. 2. The Turin papyri representing the ancient catacombs of Ossimandya and Ramses the Great, 1700 B. C. 3. The Sarcophagi of Ossimandya and Ramses the Great in London and Paris, representing their nativities. 4. The Mummy-Case of the Secretary of the same kings, representing his nativity in 1722 B. C., preserved at Leeds, England. 5. The tablet of Abydos and its Greek translation, the so-called Laterculum Eratostenis. 6. An astronomical inscription referring to 2780 B. C., published in Burton's "Excerpta Hieroglyphica," (I, 15), by which the date of Menes' arrival in Egypt is confirmed. 7. The Hieratic Original of Manetho's Egyptian History in Turin. 8. The geographical altar of Takelasshis (900 B. C.), a catalogue of the Egyptian cities, in Turin. 9. The cedrine Sarcophagus of the year 1524 B. C., containing 3,000 relief hieroglyphs as fine as Greek gems, in the Academical

Museum of Leipzig. 10. The trilingual Tanis stone of which the casts are to be found in the Smithsonian Institution. 11. The Shishak Tablet, a catalogue of 125 cities in Palestine in the time of Rehoboam. 12. The mummy and funeral papyrus of Shishak's General, once in possession of Gen. Stone, of Roxbury, Mass. 13. The oldest known copy of the sacred Egyptian records written for the wife of Pharaoh Horus, 1780 B. C. 14. The Egyptian Altar found in 1748 at Pompeii, referring to Vespasian. "Proceedings of the American Oriental Society," October 22d, 1877; "The World," N. Y. October 22d; „Sonntagsblatt der New Yorker Staatszeitung," Nov. 25, and Dec. 2, 1877.

1879.— Letter to Judge Nathaniel Holmes, concerning the corrections of the present theory of the Lunar motions. "Transactions of the St. Louis Academy of Science," vol. IV p. XXV.

1879.— Egyptian theology according to a Paris Mummy-Coffin. "Transactions of the St. Louis Academy of Science." Vol. IV, p. 80.

1880.— The primitive Egyptian names and images of the seven planets on a Turin papyrus, and some planetary configurations on Egyptian monuments. "Transactions of the St. Louis Academy of Science." Vol. IV.

1880.— Planetary configurations on Cyprian antiquities in the Metropolitan Museum of Art. "Transactions of the St. Louis Academy of Science." Vol. IV.

1880.— The Pharaoh, Thutmos III., who perished in the Red Sea in 1866 B. C. "Philadelphia Sunday School Times." May 1st, 1880.

1880.— The present Egyptian Humbug, and critic of „Revue Egyptologique publiée sous la direction de MM. H. Brugsch, F. Chabas, Eug. Revillout." Première Annee No. 1, Paris 1880. "American Journal of Philology," No. 4, Baltimore.

1880.— Indian Antiquities discovered near Davenport, Iowa. "Transactions of the Academy of Davenport." Vol. III.

1880. — Der alexandrische Obelisk im New Yorker Central Park. „N. Y. Staatszeitung," October 24.

1881.— The Hieroglyphic Tablet discovered in the ruins of Pompeii A. D. 1748, grammatically translated and explained. "Transactions of the St. Louis Academy of Science." Vol. IV.

1881. — Die Inschriften des New Yorker Obelisken nach Brugsch. „N. Y. Staatszeitung," February 27, 1881.

1881. — Die Allgemeinheit der Sündfluthsage. Mount Vernon, N. Y., Verlag des Wartburg Waisenhauses.

1881. — Ancient Egyptian Literature. The N. Y. Obelisk. "Industrial News." Vol. 2, Nos. 8 and 9.

1882. — The original Egyptian names of the planets according to a Turin papyrus, and some new planetary configurations. "Transactions of the St. Louis Academy of Science," Vol. IV.

MANUSCRIPTS.

Clavis Aegyptiaca, Collection of all bilingual and some other hieroglyphic inscriptions translated and explained, with the syllabic Alphabet in hieroglyphic, hieratic and demotic characters, glossaries, and indexes.

(In possession of the N. Y. Historical Society.)

The seventy weeks of Daniel, explained by themselves.

Manetho's Shepherd Kings, the Israelites in Egypt, according to a Turin Papyrus.

The historical parts of the oldest copy of the sacred Egyptian records, grammatically translated and explained.

The papyrus Clark, grammatically translated and explained.

The inscription on the door of Apollinopolis Magna, grammatically translated and explained.

The trilingual Tanis stone according to the casts in the Smithsonian Institution, grammatically translated and explained.

The Egyptian Decani and Signs of the Zodiac, according to five ancient monuments.

The geography of Egypt, according to the altar of Takelaphis (900 B. C.) in the R. Museum of Turin.

The constellations of the Egyptians, 1300 B. C., agreeing with their present names.

New chronological tablets for the histories of the Romans, Greeks, Persians, Medians, Assyrians, Babylonians, Egyptians, Hebrews and Chinese, based upon new historical and astronomical resources, from 5870 B. C. to 400 A. C.

The inscriptions on a Mummy-Coffin in the Museum of the N. Y. Historical Society.

The inscriptions on a Mummy-coffin at Baltimore, grammatically translated and explained.

The nativity of Emperor Augustus, referring to 61 B. C.

Bilingual Mummy-coffins in Europe, grammatically translated and interpreted.

Idolum Thordanum, and similar inscriptions, grammatically explained.

Catalogues of human limbs, obvious on different Egyptian Monuments.

The geography of Palestine on the Shishak Tablet.

The Turin papyri representing catacombs, grammatically explained.

Catalogue of different sacrificial objects mentioned on various monuments.

Supplement to "Grammatica Aegyptiaca."

Lexicon Aegyptio-Latinum et Latino-Aegyptiacum.

Lexicon Copto-Latinum et Latino-Copticum, secundum.

Manuscripta Coptico Arabica et alia auxilia.

The New York Obelisk translated and explained.

Bibliotheca Aegptiaca Manuscripta. 15 vols. In possession of the New York Historical Society.

The trilingual Rosette Stone, grammatically translated and explained.

Egpytian Antiquities in the Metropolitan Museum of Art, grammatically translated and explained.

Astronomical monuments of the Ancient Mexicans.

The Tablet of Davenport, grammatically and astronomically explained.

Egyptian History based on new historical and astronomical certainties.

APPENDIX.

An Egyptologist.

From the New York Herald, March 8th, 1886.

" The will of the late Professor Gustavus Seyffarth, D. D., will, in a few days, be admitted to probate. It will not excite great interest as a representation of financial prosperity. The principal feature of this will is the bequest of the most important literary effects of the dead Egyptologist, which will pass into the possession of the New York Historical Society.

" The bequest represents more than three score years of a solitary life of study, closed in its ninetieth year. Upward of sixty printed volumes, with the addition of almost equally numerous manuscripts, form his monographic collection. The dates of the series range from the first quarter of the century to the last. A great dictionary of the Egyptian hieroglyphic language, conceived by the venerable author as a crowning work, absorbed the energies of the later portions of his life. During those years an aged man, with a deep, disfiguring scar in the cheek, was sometimes to be met at twilight walking for recreation to Central Park. His residence for the last nine years of his life was in Park Avenue, near Eighty-second Street, and the exercise only followed a day's severe labor in the study; the daylight grew precious in proportion as his eyesight became dimmed. Toward the latter part of his life the failing of visual power was seriously detrimental, and he could only distinguish the of one friend from another. His Lutheran pastor

aided him in his work with the pen.   Three years before his
death he delivered a lecture at Parepa Hall on the subject
of the inscriptions of the obelisk in Central Park.   The
stopping of his watch misled him as to the flight of time,
and he only ended his discourse at half-past eleven o'clock.
This signified the mental power of a scholar at eighty-six as
well âs his own interest in the subject.   The audience was
held in earnest attention for three and a half hours hearing
about hieroglyphs.   The effort was followed, however,
by so serious an illness, that it was thought he would die.
Although recovering in some degree, the decline of his vital
powers is dated from that occasion.

" No man was ever so thoroughly absorbed by the fascina-
tion of penetrating by slow degrees the long sealed product
of high civilization and sacerdotal culture preserved from
the days of Menes and Athothis.   Whether he met any
adequate reward for the labor, and to what degree this has
served to enrich the currents of antiquarian learning are
questions which naturally arise.   Few persons could rightly
answer the latter.

" The earliest of his productions is the ' Rudimenta Hieroglyphices,' published in Leipsic in 1826.   Previously, however, the works of Fr. A. G. Spohn were edited by Professor
Seyffarth, then a very young man at Leipsic University; he
was appointed in 1823 to this important task.   The system
of Egyptian philology was in its most crude and wavering
state. To new and ardent inquirers the matter had appeared
extremely luminous from the result of Bouchard's accidental
discovery (1779) with the removal from the temple of the
god Tum, at Rosette, of the fractured tablet directly to
figure in the recovery of the Egyptian literature as the great
' pierre de touche' of Champollion and his associates.
Mighty was the philological triumph of perceiving that with
the number of signs used to express Ptolemy, Berenice and
Cleopatra being the same as the number of Greek letters,
the recurrence of the same hieroglyph in its proper place in
all their names is constant, while the literary import of such
facts could be easily recognized.   A no less delightful belief

was prevalent, than that the religious riddle of old Egypt was completely under mastery. From such an outset no one would have presaged the linguistic obscurations looming further on, and from which some investigators, like Joleni, of Naples, were ready to conceive of the hieroglyphs having formed a mystical system—like the Runic writings—while others would even imagine, with Gulianoff, that these characters originated from the demotic and hieratic, with the aim of concealing the meaning of the inscriptions.

"This 'Rudimenta' of Seyffarth's, as his first production independently of Spohn's, was issued with the undisguised idea of undermining the system accepted only a short time previously with full applause. Its arguments are directed forcibly against the ' Précis du Systéme Hiéroglyphique des Anciens Egyptiens' of Champollion, wherein syllabic hiero-glyphs, which Seyffarth claims to have discovered and which are now discriminated as a fundamentally important feature in the approved system of Egyptian literature, had not ap-parently been recognized. This was the initial movement in the bitter controversy embodied in the great literary series, and which was continued on Professor Seyffarth's part with three generations of Egyptologists, represented by the founder of the originally approved system, his distinguished disciple, Lepsius, and lastly Professor Ebers, the pupil of the latter.

"Among these publications of earliest dates is the spirited young Leipsic professor's self-vindication against the charges of Champollion in his review entitled 'Sur le Nouveau Systéme Hiéroglyphique de MM. Spohn et Seyffarth, chez G. Piatti,' wherein the French critic represents the authors as having in the translation of a papyrus brought out a fair hymn to the sun, whereas subsequently the Greek transla-tion of the same papyrus had come to light, that this con-tained a simple deed and not a hymn to the sun, wherefore Spohn's and Seyffarth's system proved a chimera. This re-ply, issued, as its author once informed us, ' instantly,' made its appearance in its Latin, French and Italian editions simultaneously. The idea of a deed ever having been taken for a hymn to the sun is represented as a malign fiction totally disproved by reference to the fourteen 'witnesses' who, according to the interpretation in question, had signed the deed. He had also to defend himself against a surmise of plagiarism in relation to the work of his predecessor.

"The system of the 'Rudimenta' is considerably modified in the author's later publications, from conviction of its erroneousness in many respects. Conceding this he continued on the other hand to assert as simply and with unabated zeal that its substance is true. Its corrections are embodied in the 'Grammatica Aegyptiaca,' issued in 1855. The mistake of considering the hieroglyphics no more than a calligraphic modification of the hieratic, while deriving the latter from the demotic characters, is acknowledged among others of importance, as well as the incorrectness of many pronunciations and forms of translation. The idea of the primitive Noachian alphabet, opposed to that of an ideographic basis of language, is maintained with the greatest religious fervor.

"The theory is formulated in the 'Critical Review of Ungarelli's Obelisci Urbis' (1844), that 'regularly each of the 630 hieroglyphs expresses the two or three consonants contained in the name of the figure.' This principle was put forward as the great key to the Egyptian literature. It was communicated by its author in the following year to the Assembly of the German Orientalists at Jena; it was soon also made more widely public by the circulation of his lithographed pamphlet (first introduction to translating entire Egyptian texts, etc.) representing what syllable is expressed by each of the hieroglyphs. The pamphlet was finally appended to the 'Grammatica Aegyptiaca' in 1855. This work is here, revised in manuscript for a second edition. Among other extensive works of the earlier period are those discussing ancient systems of religion and different astronomical theories. Of importance in this class is the 'Chronologia Sacra." Researches concerning the Lord's year of birth, and the chronology of the Old and New Testaments.' A greater number are special critical reviews of the works of eminent philologists, as a 'Refutation of Lepsius' Egyptian Chronology,' 'Examination of Rougé's and Brugsch's translation of a Berlin stele' and Rougé's 'Tombeau d'Ahmos,' etc. His 'Fifteen Coptic, Greek and Cufic inscriptions discovered in Egypt explained,' and ' The Obelisk on the Porta del Popolo in Rome and Hermapion's Greek translation,' are some of the works showing careful research.

" The date of the 'Grammatica Aegyptiaca' was that also of the 'Theological writings of the ancient Egyptians, for the first time translated according to the Turin copy of the sacred Egyptian records, together with translations of billingual monuments, the Rosette-stone, the Flaminian obelisk, the Philaidoor, the tablet of Abydos and other inscriptions,' both of which works were published in Gotha.

" During the same year the author emigrated to this country, after a professorship of philology at Leipsic of thirty-two years' duration. He had issued during that period an average of one publication annually on the Egyptian literature. The reason of his departure from the Fatherland is not definitely learned.

" For a time after his arrival in this country, Professor Seyffarth instructed young men in the Concordia College, St. Louis, the principal theological institution of learning directed by the "Lutheran Synod of Missouri, O. and other States." In a subsequent unsuccessful experiment to establish a Lutheran seminary at Dansville, N. Y., he lost some thousand dollars. From that time he devoted himself wholly to his Egyptian studies in New York, retaining his vigor to an advanced . age. He was a prolific writer. Taking pamphlets into account, not less than sixty of his productions were published during his lifetime. A great number of volumes remain in manuscript. Many of the recently published works first appeared in different periodicals, or were printed by scientific associations. Like those of earlier date, they are in vehement conflict with accepted theories. Their author was frequently involved in heavy expenditures in the publi-

cation of controversy with a 'class of Egyptologists to
whom foreign governments granted liberal patronage. He
was almost without sympathy in his tremendous struggle.
Prof. Uhlemann, in Göttingen, and Professor Wuttke, in
Leipsic, respected and defended him. Other and still living
men have revered him as a man of profound philological
learning. Professor Delitzsch, of Leipsic University, once
his pupil in Hebrew, is among the latter.

"No one can examine this extraordinary literary collection
bequeathed to the Historical Society without the desire to
have the question rightly answered whether Dr. Seyffarth,
the esteemed scholar in Oriental philology, was under a
monomania for the greater part of his life, or whether he
deserved some degree of credit for his immense labors.
This is chiefly to be judged in relation to his claim of having
discovered the principle of syllabic hieroglyphs, without
which it is true, as he asserts, that no adequate interpretation is possible. He insists in different works that Champollion did not recognize the idea of hieroglyphic syllabism,
and that the success attained by the Egyptologists reckoned
as his followers depends upon the appropriation of the discovery first made public in the 'Rudimenta' in 1826. Meantime, according to his own plaint, he has received only
critical injustice and contempt from this circle of philologists. His wrath waxed greater as his publications multi-
plied, until he was finally left to solitary argumentation,
while the syllabic principle has obviously advanced in the
system which is well formulated by Dr. Brugsch and others.
Whose was the syllabic idea? Exclusive emphasis is given
it by Seyffarth, it is admitted in all works of Egyptian philology. Learned opinion regarding it, readily discovered it
in works for elementary instruction, such as the 'Egyptian
Grammar' of M. Le Payn Renouf and Birch's 'Archaic
Classics,' both published since the International Oriental
Congress of 1874. The 'Delectus Christomathy,' or
reading book of recent publication, conveys the same impression of the new idea. Champollion's grammar is completely out of date. More acceptable authorities are the Rev.

A. H. Sayer (grammar); Brugsch Bey, through the 'Wörter-buch,' and M. Pierrot with his esteemed 'Vocabulaire Hieroglophique.' The exact position of the syllabic element is indicated in the grammar for beginners by M. Le Page Kinout (1875), which commences with the proposition that 'hieroglyphic signs are either phonetic or ideographic. Phonetic signs are either purely alphabetic or syllabic.' It cannot be impossible for present Egyptologists to determine whether Seyffarth or some one else discovered this syllabic principle. Although destined to 'lose the dues of re-joicing,' justice might be more easily done him now that his wrath no longer continues. The Historical Society may also learn with advantage in what estimation to hold its newly acquired gift."

GUSTAV SEYFFARTH

EINE

BIOGRAPHISCHE SKIZZE

VON

KARL KNORTZ

NEW YORK:

E. STEIGER & CO.

1886.

„O' der Weisheit,
die den Glauben aeumer,
und doch nicht selig macht,!

GUSTAV ṢEYFFARTH

EINE

BIOGRAPHISCHE SKIZZE

VON

KARL ḴNORTZ

NEW YORK:

E. STEIGER & CO.

1886.

·INHALTSVERZEICHNISS.

EINLEITUNG.

Vorliegende Schrift ist nicht für Fachgelehrte, am allerwenigsten aber für Spezialisten auf dem Gebiete der Egyptologie geschrieben, sondern sie soll nur zur Erinnerung an einen Mann dienen, der sein ganzes langes Leben in den Dienst der Wissenschaft stellte und dessen heiligstes Bestreben es war, die Wahrheit zu ergründen und seine Forschungen mit der Lehre der Bibel in Einklang zu bringen. Ob er nun hin und wieder geirrt hat, und ob seine Forschungen auf fast allen Gebieten menschlichen Wissens, wie Chronologie, Astronomie, Mythologie, Theologie, Philologie, Philosophie, Archäologie, Egyptologie u. s. w. vor dem Forum einer strengen Kritik bestehen können, ist eine Frage, deren Beantwortung uns hier nicht beschäftigt; soviel aber ist sicher, dass der verstorbene Prof. SEYFFARTH den Anstoss zu einer neuen und gründlicheren Prüfung mancher als Thatsache angenommenen Hypothese, über die man längst die Akten geschlossen zu haben glaubte, gegeben hat und dass er besonders als Bahnbrecher auf einem Gebiete thätig war, das vor ihm noch in Finsterniss lag. Dass er, als ächter Jünger der Wissenschaft, infolge fleissigen Weiterstudiums seine früheren Ansichten und Behauptungen häufig änderte und oft ganz umstiess, gereicht ihm nur zur höchsten Ehre. Jedes Exemplar seiner zahlreichen Werke hatte er sich mit Papier durchschiessen lassen, und die zahlreichen handschriftlichen Notizen darin zeigen, dass er niemals die Hände müssig in den Schooss legte, sondern ernstlich darauf bedacht war, seine Forschungen zu ergänzen, zu revidiren und sie mit den Resultaten anderer Fachmänner kritisch zu vergleichen. Stets trat er für seine Ueberzeugung männlich ein ; stets war er bereit, Opfer jeder Art dafür zu bringen. Feinde hatte er natürlich, besonders in den gelehrten Kreisen, in denen es heute theilweise noch zum sogenannten guten Tone gehört, ihn als Visionär oder als etwas noch Schlimmeres hinzustellen ; aber auch an treuen, aufopfernden Freunden, die ihn seiner Aufrichtigkeit, Harmlosigkeit und Edelsinns wegen zu schätzen wussten, fehlte es ihm nicht, und diesen ist denn die vorliegende, auf seinen Wunsch verfasste und im Auftrage seiner Testamentsvollstrecker veröffentlichte Erinnerungsschrift gewidmet.

Seyffarth's Biographie ist in kurzen Umrissen in jedem Konversationslexikon enthalten; auch befindet sich im fünften Jahrgange des „Deutschen Pioniers" (Cincinnati, O., 1874) eine von dem Verfasser vorliegender Schrift stammende ausführlichere Lebensgeschichte Seyffarth's mit einer wenigstens bis zum Datum der Publication vollständigen Bibliographie seiner Schriften und Abhandlungen. Hier aber lassen wir den Verewigten hauptsächlich selber sprechen ; denn unsere Mittheilungen über sein Leben und die Resultate seiner Forschungen beruhen ausschliesslich auf seinen eigenen in englischer Sprache verfassten Aufzeichnungen und auf von ihm sorgfältig bewahrten Dokumenten. Seine flüchtig geschriebene Autobiographie wird demnächst unverkürzt und nur in soweit verändert, als es die Regeln der englischen Grammatik erfordern, den Bestimmungen des Verfassers gemäss im Druck erscheinen

Aus Seyffarth's reichhaltigem und von ihm gut geordneten Briefwechsel, welcher nebst den mit Papier durch-

schossenen Handexemplaren seiner Werke vielleicht späterhin von seinen Testamentsvollstreckern und Freunden,
den Herren EDUARD HAUSELT und JOACHIM H. BIRKNER
der Leipziger Universitätsbibliothek vermacht werden
und dann hoffentlich eine w i s s e n s c h a f t l i c h e Biographie Seyffarth's im Gefolge haben wird, theilen wir hier
nur Auszüge aus den während seiner dreijährigen Studien-
reise an seine Eltern gerichteten Briefe mit; denn dieselben bildeten, wie er ja auch selbst schreibt, sein
damaliges Tagebuch, und geben uns ein anmuthiges Bild
von der rastlosen Thätigkeit, dem Forschereifer und der
religiösen Gesinnung seiner Jugendzeit.

In der von Seyffarth hinterlassenen Bibliographie seiner
Abhandlungen und Werke waren die meisten Titel in
das Englische übersetzt, wir geben nur hier die Original-
titel, mit Ausnahme derjenigen kleineren nicht mehr
vorhandenen Aufsätze, deren Titel wir daher zurück
übersetzt haben.

Gustav Seyffarth's Lebensgeschichte.

GUSTAV SEYFFARTH ist am 13. Juli 1796 in dem sächsischen Dorfe Uebigau bei Torgau als Sohn des gelehrten Geistlichen, tüchtigen Kanzelredners und orthodoxen Lutheraners Dr. Traugott August Seyffarth geboren.

Nachdem er den gewöhnlichen Unterricht in der dortigen Pfarrschule erhalten hatte und ausserdem von einem Kandidaten der Theologie in die Geheimnisse der lateinischen und griechischen Grammatik eingeweiht worden war, und zwar mit solchem Erfolge, dass er schon in seinem 14. Jahre den Eutropius und Cornelius Nepos, sowie das Neue Testament fliessend im Originale lesen konnte, wurde er als Alumnus in die berühmte Fürstenschule St. Afra in Meissen bei Dresden aufgenommen. Diese Anstalt war früher ein reiches Kloster gewesen, das aber nach der Reformation nebst Schulpforta und Grimma säkularisirt und von dem sächsischen Kurfürsten, dem frommen Friedrich dem Weisen, in ein Gymnasium verwandelt worden war. Das Einkommen dieser Anstalt war so bedeutend, dass daraus das Gehalt mehrerer Professoren bestritten und jedem Orte Sachsens das Recht gewährt werden konnte, einen oder zwei Schüler im Alter von 14 Jahren zum Unterrichte dahin zu schicken, wodurch manchem armen und talentvollen Jungen die Möglichkeit zur Erlangung einer akademischen Bildung an die Hand gegeben war.

Der Unterricht der Alumni in Meissen dauerte gewöhnlich 5—6 Jahre und war vorzugsweise religiöser Natur. Die Schüler standen unter strenger Aufsicht; die Anstalt

war mit hohen Mauern umgeben, deren Ausgangsthore
sich nur dem öffneten, der einen speciellen Erlaubniss-
schein vom Rektor vorzeigen konnte. Die Schüler der
unteren Klassen mussten denjenigen der oberen allerlei
Dienste leisten und ihnen unter Anderem auch die Stiefel
putzen. Die Primaner mussten die Schulen der anderen
Klassen unterrichten und hatten das Recht dieselben zu
bestrafen. Da nun diese Strafen gewöhnlich in dem
Memoriren einiger Kapitel aus dem Cornelius Nepos
oder einem sonstigen lateinischen Klassiker bestanden, so
fand man nirgends Gymnasiasten, die im mündlichen Ge-
brauche der lateinischen Sprache so gewandt waren wie
die Afraner. Ueberhaupt wurde in jener Anstalt auf die
klassischen Studien ein sehr hoher Werth gelegt und viele
der dort herangebildeten Schüler haben späterhin als
Professoren der Philosophie im In- und Auslande einen
einfluss- und segensreichen Wirkungskreis gefunden.

Mit glänzenden Zeugnissen ausgerüstet bezog Seyffarth
die Universität Leipzig, um Theologie zu studiren. Die
Theologie aber allein befriedigte seinen unersättlichen
Wissensdurst nicht; er wollte das gesammte menschliche
Wissen bemeistern, und so beschäftigte er sich dann auch
mit Philosophie, Philologie, Mathematik, Astronomie,
Chemie, Physik, Geologie, Botanik, Mineralogie, Musik,
Malerei und Mechanik.

Nach 4jährigem Studium, und nachdem er zum Magister
Artium und zum Doctor der Philosophie ernannt worden
war, sich auch das Prädikat „Candidatus Reverendi Ministerii" erworben hatte, bereitete er sich zur Uebernahme einer Professur der Theologie speciell vor. Vier
Jahre hindurch war er nun angestrengt thätig und sass
meistens täglich von 12—16 Stunden am Schreibtische;
besonders studirte er die hauptsächlichsten orientalischen
Sprachen gründlich.

Als Resultat seiner philosophischen Studien schrieb er
„*De Sonis literarum Graecarum tum genuines, tum adoptivis, libri duo. Acceduut commentatio de literis Graecorum
subinde usitatis, dissertationes, index et tabulae duae, cum
praefatione Godefredi Hermanni*," in welcher Schrift er
die Behauptung aufstellte, dass die herkömmliche Aussprache der griechischen und hebräischen Buchstaben auf
irriger Annahme beruhe und daher berichtigt werden
müsse — eine Ansicht, die er vor den Mitgliedern der
philosophischen Fakultät energisch vertheidigte.

1823 erhielt Seyffarth das Privilegium, Vorlesungen an
der Universität zu halten.

1824 starb im Alter von 30 Jahren der viel versprechende
Philologe F. A. W. Spohn, der sich schon vor Champollion mit der Schrift und Literatur der Egypter befasst
und das Werk „De lingua et literis veterum Aegyptiorum"
geschrieben hatte. Da nun Seyffarth der einzige Professor
an der Universität Leipzig war, der sich mit der für das
Studium der egyptischen Literatur unumgänglich nothwendigen koptischen Sprache eingehend befasst hatte,
so wurde er mit der Fortsetzung und Herausgabe des
Spohn'schen Werkes betraut.

Nachdem er dann die zahlreichen in der Universitätsbibliothek deponirten Manuskripte Spohn's durchmustert
hatte, kam er zu der Ueberzeugung, dass es eine reine
Unmöglichkeit sei, der ihm zugedachten Aufgabe gerecht
zu werden, ohne vorher die hauptsächlichsten Papyri
in allen europäischen Museen einer gründlichen Durch-
sicht unterworfen und Abschriften davon genommen zu
haben. Mit einer kleinen Unterstützung vom sächsischen
Kultusministerium und mit zahlreichen Empfehlungs-
briefen ausgerüstet begab sich nun Seyffarth von 1826—28
auf die Reise und besuchte Berlin, Wien, München, Turin,
Mailand, Venedig, Livorno, Florenz, Rom, Neapel, Paris,

London, Leyden, Amsterdam u. s. w., worüber die im
nächsten Abschnitt enthaltenen, an seine Eltern gerichteten Briefe interessanten Aufschluss geben. Jeden
wichtigen Papyrus kopirte er und so entstand dann seine
ausserordentlich werthvolle, 14 Foliobände (der 15.
enthält das Inhaltsverzeichniss) füllende „Bibliotheca
Aegyptiaca Manuscripta," die leider auf Grund seines
Testamentes nebst seinem Werke „Clavis Aegyptiaca"
Eigenthum der New Yorker historischen Gesellschaft
geworden ist. Wir sagen hier absichtlich l e i d e r; denn
da das Studium der Egyptologie hier in Amerika sozu-
sagen noch in den Windeln liegt, so steht zu befürchten,
dass diese Schätze wohl in der Bücherei jener Gesellschaft
verstauben werden, wohingegen sie in irgend einer
deutschen Universitätsbibliothek der Wissenschaft dienst-
bar gemacht worden wären.

1830 wurde Seyffarth zum ausserordentlichen Professor
der Archäologie ernannt, und war bis zum Ausgange des
Jahres 1854 in dieser Eigenschaft thätig, aber nicht immer
zu seiner eigenen Befriedigung. Auch wirkte er eine Zeit-
lang als Nachmittagsprediger in der Universitätskapelle.
Sein strenges Lutherthum hatte ihm die moralische Ver-
pflichtung auferlegt, den überhand nehmenden Rationalismus zu bekämpfen, wodurch er sich besonders die Feind-
schaft einflussreicher Mitglieder geheimer Gesellschaften
zugezogen hatte, was ihm viele Unannehmlichkeiten
bereitete. Ausserdem fanden seine wissenschaftlichen
Forschungen nicht die von ihm erwartete Aufnahme in
Gelehrtenkreisen, vielmehr riefen sie zahlreiche gehässige
Kritiken hervor; dazu kam ferner noch, dass sein damaliger
Gesundheitszustand vieles zu wünschen übrig liess, und
diese und ähnliche Gründe veranlassten ihn dann, 1854
seine Resignation als ausserordentlicher Professor der
Archäologie einzureichen. Er erhielt folgende Antwort :

„Das Ministerium des Cultus und öffentlichen Unter-
· richts hat aus Ihrem Gesuche vom 17. vorigen Monats
mit Bedauern ersehen, dass Sie aus Gesundheitsrücksichten
veranlasst sind, die Ihnen verliehene ausserordentliche
Professur der Archäologie niederzulegen und somit Ihre
Wirksamkeit an der Universität Leipzig einzustellen, an
welcher Sie seit nunmehr 31 Jahren mit grossem Nutzen
für die Wissenschaft thätig gewesen sind.

„Dabei haben Sie, weil Sie Vorlesungen zu halten nicht
mehr im Stande wären, auf fernere Beziehung des Gehaltes
seit Weihnacht dieses Jahres, sowie auf jede Pension ver-
zichtet und nur Ihre Bibliothek und Ihre Sammlung zum
Ankauf für die Universität Leipzig angeboten.

„Findet man nun auch das Motiv Ihrer Verzichtserklä-
rung sehr ehrenwerth und ebenso ganz natürlich, dass Sie
Ihre interessanten Sammlungen der Universität erhalten
zu sehen wünschen, so werden Sie doch sich selbst überzeugen, dass das Ministerium nicht im Stande ist, einen
Preis für eine solche Sammlung zu bestimmen. Deshalb
stellt man Ihnen anheim, ob es nicht das angemessenste
sein würde, wenn Sie eine Ihren Wünschen entsprechende
bindende Verfügung über Ihre Sammlung zu Gunsten der
Universität Leipzig träfen und dagegen noch eine kleine
jährliche Renumeration oder Pension etwa von zweihundert
Thalern annähmen, wodurch Ihr Wunsch erreicht und
Ihrer Gewissenhaftigkeit Genüge geleistet würde.

„Man sieht dahier hierüber zuvörderst Ihrer Erklärung
entgegen.

Dresden, 10. Juli 1854."

Seyffarth ging jedoch auf diesen Vorschlag nicht ein;
er behielt seine egyptischen Summlungen und verzichtete
auch, vorläufig wenigstens, auf die ihm trotzdem offerirte
Jahrespension von 200 Thalern und zwar unter der Be-

dingung, dass man seinen vielversprechenden Lieblings-
schüler Dr. Uhlmann zu seinem Nachfolger ernenne.

Als nun darauf seine Mutter im hohen Alter von 94
Jahren starb, hielt es ihn nicht länger mehr in Deutschland; er wanderte 1856 nach Amerika aus, das nun sein
zweites Vaterland wurde und in dem auch seine sterblichen
Ueberreste ruhen. Kaum in der neuen Welt, wo er längst
als ernster Forscher und treuer Glaubensstreiter vortheil-
haft bekannt war und wohin ihm bereits mehrere seiner
Schüler vorangegangen waren, angekommen, wurde er
auch schon von der Capital University in Columbus, O.,
und von dem Concordia-Collegium, dem lutherischen
Predigerseminare in St. Louis, Mo., mit dem Antrage
beehrt, ein Lehramt zu übernehmen.

Im Interesse letztgenannter Anstalt wurde am 24. Juli
1856 folgendes Schreiben an ihn gerichtet :

„Da es dem gnädigen und allweisen Gotte gefallen hat,
unsern theuern, hochverehrten Landsmann und Glaubens-
bruder, den wir selbst zum Theil ehemals zum väterlichen
Freund und Lehrer gehabt haben, Herrn Professor
Dr. Seyffarth in unsere Mitte zu führen, und wir nichts
Erfreulicheres wünschen konnten, als den Herrn Professor
seine ausgezeichneten Gaben und Kenntnisse unserer
theologischen Anstalt in St. Louis widmen zu sehen ;
so haben wir, die unterzeichnete Unterrichtsbehörde, uns
in Gottes Namen entschlossen, dem Herrn Professor
einen provisorischen Brief zu ertheilen, indem wir schon
zuvor versichert sind, dass wir hiermit dem einstimmigen
Wunsch und Verlangen unserer ganzen Synode entgegen-
kommen, die es nicht nur schon längst als ein dringen-
des Bedürfniss fühlt, durch Anstellung eines gründlich
durchgebildeten deutschen Theologen mit deutscher
Wissenschaft in lebendigere Verbindung zu kommen,

sondern auch bereits sich der Hoffnung erfreut hat, in dem
Herrn Prof. Seyffarth einen Mann zu gewinnen, der diesem
Bedürfniss in einem ausgezeichneten Grade entspräche.

Demzufolge berufen wir, die unterzeichnete Aufsichtsbehörde, als Bevollmächtigte der Synode von Missouri,
Ohio und anderen Staaten

Herrn Prof. Dr. Seyffarth aus Leipzig
zum Professor der kirchenhistorischen,
archäologischen etc. Disciplinen am
Concordia-Collegium zu St. Louis,
indem wir alle unsere Arrangements und die schliessliche
Ratification dieser Urkunde der Synode selbst überlassen.
Wir haben daher nichts hinzuzufügen, als den sehnlichen
Wunsch, dass des Herrn Professors Neigung durch
Gottes Regierung und Führung dahin gelenkt werden
möge, diesen bescheidenen Beruf anzunehmen, und dass
alsdann der HErr der Kirche, unser hochgelobter Hei-
land Jesus Christus, demselben noch viele Jahre einer
reichgesegneten Wirksamkeit in unserer Mitte verleihe!

Im Namen der Synode von Missouri, Ohio und anderen
Staaten,

Die Aufsichtsbehörde:

G. A. Schieferdecker, d. Zeit Präses des westl. Distrikts,
August C. Tschirpe,   C. Hermann Fick."

Prof. Seyffarth nahm diesen Ruf an und Herr Pastor
G. A. SCHIEFERDECKER richtete am 3. Sept folgenden
Brief an ihn:

„Verehrter Herr Professor, hochgeschätzter Freund
und Lehrer!

Mit grosser Freude ersehe ich aus Ihrer Antwort vom
21. August, dass Sie unsere geringe Vocation angenommen haben und wir hinfort so glücklich sind, Sie in unserer
Mitte zu haben. Sie haben sich dadurch unsere ganze

Synode zum innigsten Dank verbunden; ja, wir müssen die Dienste, die Sie unserem College zu bringen willig sind, um so höher anschlagen, da Ihnen von anderer Seite her ein so ehrenvoller Antrag gestellt worden ist.

Obgleich wir recht wohl wissen, dass Sie sich mit edel-müthiger Uneigennützigkeit erboten haben, der Sache unserer Kirche umsonst zu dienen, so würde es doch ebenso wenig die Dankbarkeit und Billigkeit erlauben, ein solches Anerbieten anzunehmen, so lange die Synode noch Mittel in Händen hat, sich gegen solche Dienste, die übrigens mit keiner Bezahlung aufgewogen werden, er-kenntlich zu zeigen.

Ich würde mich mit meinen Collegen von der Aufsichts-behörde gern gleich über diesen Punkt verständigt haben, wenn ich es mit denselben hätte mündlich bereden können.

Ich wundere mich über die Wege des Herrn, der Sie zu uns geführt hat, und freue mich des Augenblicks, wo ich in Ihnen meinen ehemaligen theuren Universitätslehrer, bei dem ich so liebreiche Aufnahme und herzliche Theil-nahme fand, wieder persönlich begrüssen kann.

Möge es Ihnen nun allezeit recht wohl bei uns gefallen und das hiesige Klima Ihnen zusagen.

Gott der Allmächtige wolle Ihr theures Leben schützen und Sie uns noch recht lange erhalten und namentlich für unsere studirende Jugend Sie zu einem Segen setzen."

In St. Louis fand Prof. Seyffarth einen segensreichen Wirkungskreis, denn sein ausgedehntes Wissen befähigte ihn zur Uebernahme verschiedener Disciplinen und seine Bereitwilligkeit, dem genannten College jeden Dienst zu erweisen, wurde dankbar anerkannt. Dazu hielt er ausser-dem noch öffentliche Vorlesungen in englischer und deutscher Sprache über seine Lieblingsstudien und fand stets einen grossen und aufmerksamen Zuhörerkreis.

Auch mit der „Saint Louis Academy of Science" trat er in lebhaften Verkehr und unterstützte dieselbe durch Vorträge und durch Beiträge für ihre Zeitschrift.

Trotz alledem aber schien ihm diese Thätigkeit doch auf die Dauer keine innere Befriedigung zu gewähren, denn schon im Herbste des Jahres 1859 reichte er seine Resignation ein und nahm dieselbe trotz des schriftlichen, im freundschaftlichsten Tone abgefassten Ersuchens der Aufsichtsbehörde sowie des Lehrercollegiums nicht zurück. Folgender Brief erzählt das Nähere.

„Da der Herr Professor und Doctor der Theologie, G. Seyffarth, zu unserm grossen Bedauern seine Entlassung als Professor der kirchenhistorischen, archäologischen etc. Disciplinen am Concordia - Collegium und Seminar zu St. Louis gefordert, und trotz der Bitten der Aufsichtsbehörde und des Lehrerkollegiums besagter Anstalt dabei verharrt, so wird ihm dieselbe hiermit in der herzlichen und dankbaren Anerkennung seiner der Anstalt auf das uneigennützigste und treueste geleisteten Dienste gewährt, mit der Bitte, auch ferner der Synode, sowie der Anstalt seine Theilnahme und Hilfe nicht entziehen zu wollen.

S t. L o u i s, Mo., 19. Oktober 1859.

FR. WYNEKEN, Präses der Allgemeinen Synode von Missouri, Ohio und anderen Staaten.

AUGUST C. TSCHIRPE, Mitglied der Aufsichtsbehörde.

G. SCHALLER, Präses des westlichen Distriktes der Synode von Missouri etc.

A. FRANCKE, Mitglied der Aufsichtsbehörde."

Nun trat Prof. Seyffarth ins Privatleben zurück und verlegte seinen Wohnsitz nach New York, woselbst ihm die reichhaltige Astor-Bibliothek zahlreiche Hilfsmittel zur

Fortsetzung seiner wissenschaftlichen Studien — der Hauptgrund, der ihn zum Aufgeben seiner Professur in St. Louis veranlasste — zur Verfügung stellte. Er war rastlos literarisch thätig, wie das dieser Schrift beigegebene chronologische Verzeichniss seiner Abhandlungen und Werke zur Genüge zeigt. Immer trieb es ihn wieder zur Egyptologie zurück; das System Champollions, auf dem die Forschungen von Brugsch-Bey, Lepsius und Georg Ebers basiren, hielt er für grundfalsch und legte seine gereifteren Studien in dem umfangreichen Buche „Clavis Aegyptiaca" nieder, das anfänglich das Smithsonian Institut in Washington verlegen wollte, dies aber späterhin verweigerte, und zwar lediglich aus dem Grunde, weil der Congress die nöthigen Gelder dazu verweigerte. Das Manuskript dieses Hieroglyphen-Schlüssels befindet sich den Bestimmungen des Verfassers gemäss, in der Bibliothek der New Yorker historischen Gesellschaft; wäre es z. B. in der Leipziger Bibliothek deponirt worden, so hätten die dortigen Professoren der Egyptologie die beste Gelegenheit gehabt, die Verdienste Seyffarth's vorurtheilsfreier zu würdigen.

Eine ausgedehnte Korrespondenz nahm auch einen grossen Theil seiner Zeit in Anspruch, wie sein reichhaltiger Nachlass an Briefen beweist. Wollte irgend ein amerikanischer Professor Auskunft über Chronologie, Astronomie, Egyptologie u. s. w. haben, so wandte er sich nur an den stets gefälligen Prof. Seyffarth; die meisten Herausgeber wissenschaftlicher und theologischer Journale ersuchten ihn um Beiträge, bezahlten ihm aber keinen Cent dafür. Seine meisten Korrespondenten waren ihm persönlich unbekannt; dem einen gab er Auskunft über Baum- und Rebzucht und dem anderen lieferte er die Uebersetzung irgend einer schwer zu entziffernden Inschrift. Mit seinem Freunde Prof. Peters in Clinton, N. J., dem verdienstvollen deutsch-amerikanischen Astronomen, wechselte er zeitraubende Briefe über die neuesten Entdeckungen auf dem Gebiete der Himmelskunde ; mit Prof. Whitney, dem ausgezeichneten Philologen vom Yale College, unterhielt er sich brieflich über sprachwissenschaftliche Angelegenheiten ; der „Davenport Academy of Science" gab er Auskunft über amerikanische Alterthümer, und mit dem nun auch verstorbenen Leipziger Professor HEINRICH WUTTKE, der ihn in seinem Werke „Geschichte der Schrift" den eigentlichen Entzifferer der Hieroglyphen nennt, korrespondirte er über philologische und philosophische Fragen und lieferte ihm manchen schätzenswerthen Wink für das genannte Werk. Unter seinem handschriftlichen Nachlasse befand sich sogar auch eine aus dem Jahre 1820 stammende mit zahlreichen Zeichnungen versehene Abhandlung über die Möglichkeit der Herstellung eines lenkbaren Luftschiffes, sowie eine 1840 datirte Komposition des Rheinliedes „Sie sollen ihn nicht haben," für eine Singstimme mit Pianobegleitung.

Zur Vervollständigung der Biographie Seyffarth's diene noch Folgendes :

Als der unheilvolle amerikanische Sonderbundskrieg ausbrach und die Union in ihren Grundfesten erschütterte, da trat Prof. Seyffarth männlich und geharnischt gegen das Institut der Sklaverei auf und verfocht die Ansicht, dass dasselbe eine unchristliche Einrichtung sei, mit aller ihm zu Gebote stehenden Schärfe auf die Gefahr hin, sich mit früheren, hochgeschätzten Freunden, die einer anderen Ansicht huldigten, vorübergehend oder dauernd zu verfeinden.

Auch muss fernerhin noch erwähnt werden, dass er einmal den Versuch machte mit einer kleinen Anzahl Theologen in Dansville, N. Y., ein Predigerseminar zu gründen, jedoch nur Verdruss und pecuniäre Verluste als Resultat zu verzeichnen hatte.

Mit dem 1. Januar 1870 hatte ihm auf sein Ansuchen die Universität Leipzig aus dem Knaups'schen Fond eine Jahrespension von 200 Thalern bewilligt, und da er ausserdem ein kleines Privatvermögen besass, das er zinstragend angelegt hatte, so konnte er bis zu seinem Lebensabend ohne von Nahrungssorgen gequält zu werden, seinen Studien obliegen und seine früheren Werke verbessern und vervollständigen.

Am 17. Nov. 1885 starb er in seiner Wohnung Nr. 1468 Vierte Avenue an Altersschwäche. Dem Concordia College in St. Louis und der Capital University in Columbus vermachte er Stipendien von je $1,000 zur Unterstützung armer Studenten und der von ihm gegründeten Emanuelskirche an der 83. Strasse, in welcher seine Leichenfeierlichkeit stattfand, schenkte er laut seines Testaments $3,000.

Sein Seelsorger, Herr Pastor H. Hebler, von der genannten Emanuelskirche, schreibt im „Lutheraner" vom 1. Januar 1886 (St. Louis) Folgendes über die letzten Tage und die Beerdigung Seyffarth's:

„All' sein Forschen und Arbeiten verfolgte den Zweck, zu beweisen, dass die heilige Schrift alten und neuen Testamentes Gottes reine lautere Wahrheit sei. Ein so gelehrter Mann er war, so war er doch dabei bescheiden, demüthig und von Herzen gläubig. In seinem Alter freute er sich wie ein Kind, wenn er von dem gesegneten Wachsthum unserer Synode hörte; und wenn er hörte, dass sich hier oder dort ein Häuflein Christen zum lauteren und reinen Wort Gottes bekannte, dann war seine Freude übergross. Noch auf seinem letzten Krankenlager erzählte er mir, wie er es beim Sammeln von Gemeinden gemacht habe, und meinte, das sollte unserem Stadtmissionär ein Fingerzeig sein. Er war auch ein sehr fleissiger Besucher der Gottesdienste, ja, er fehlte fast nie an seinem Platz. Obwohl er in letzter Zeit fast erblindet war, so hielt das ihn vom Gottesdienst nicht zurück. War er aber durch andere Gebrechen seines hohen Alters abgehalten, so war er sichtlich traurig darüber und erkundigte sich gewisslich nachher bei mir nach dem Kirchenbesuch und nach der Predigt.

In letzter Zeit war er nun so schwach, dass er beständig zu Bett liegen musste. Jedermann und er selbst sah, dass sein Ende bald da sein werde. Er behielt sein volles Bewusstsein bis an sein Ende; die Sprache dagegen verliess ihn etwa zehn Stunden vor dem Tode. So ist er dann auch gegen 5 Uhr Morgens am 17. Nov. 1885 eingeschlafen.

Am 19. wurde er zur letzten Ruhe bestattet. Im Hause verlas Herr Pastor Föhlinger, sein alter Freund, das Lied: „Wenn mein Stündlein vorhanden ist" und Luc. 2, 25 ff., und sprach ein Gebet. Darauf wurde die Leiche in die Kirche gebracht, die zu diesem Zweck vom Frauenverein schwarz drapirt war. Hier wurde von der Gemeinde das von ihm selbst für diese Feier bestimmte Lied: „Wie wohl ist mir, o Freund der Seelen" gesungen. Darauf verlas Herr Pastor Steup 1. Cor. 15, 40 ff. Nachdem sangen die Kinder der Wochen- und Sonntagsschule „Sehn wir uns wohl einmal wieder?" Darauf hielt Unterzeichneter die Leichenrede über 1. Mos. 24, 56: „Haltet mich nicht auf, denn der Herr hat Gnade gegeben zu meiner Reise, lasset mich, dass ich zu meinem HErrn ziehe." Alsdann sangen die Kinder: „Ja gewiss, wir sehn uns wieder." Darauf verlas Herr Pastor Steup etwas aus einem von dem Entschlafenen selbst in englischer Sprache geschriebenen Lebenslauf. Darnach folgte der Schluss, während dessen den Anwesenden noch Gelegenheit gegeben wurde, einen flüchtigen Blick auf die sterblichen Ueberreste des Entschlafenen zu werfen. Ihren Ruheplatz fanden dieselben auf dem „Lutheran Cemetery," und zwar auf d e m Platze des Kirchhofes, der von den Gliedern der Dreieinigkeitsgemeinde (9. Str. und Ave. B) geeignet wird. Den Segen sprach Herr Pastor F. König : „Selig sind die Todten, die in dem HErrn sterben von nun an. Ja, der Geist spricht, dass sie ruhen von ihrer Arbeit; denn ihre Werke folgen ihnen nach."

Prof. C. F. W. Walther widmete ihm in derselben Zeitschrift vom 1. Dezember 1885 folgenden Nachruf:

„Die Trauernachricht aus New York, die uns soeben zukommt, ist diese, dass der Vielen in unserer Synode wohlbekannte und von ebenso Vielen innig geliebte Doctor und Professor GUSTAV SEYFFARTH endlich in dem hohen Alter von 89 Jahren daselbst in dem HErrn selig entschlafen ist. Seit 1823 Professor der Alterthumskunde an der Universität Leipzig, kam er bei der sächsischen Regierung um Entlassung aus seinem Amte ein, da er sich durch sein freimüthiges öffentliches Zeugniss gegen das Freimaurerwesen viele hohe Herren zu Feinden gemacht hatte, die seiner Wirksamkeit alle möglichen Hindernisse in den Weg zu stellen suchten. Er erhielt zwar seine Entlassung, aber mit der Zusage einer lebenslänglichen Professoren-Pension, die ihm auch, so viel wir wissen, bis zu seinem Tode über das Meer herüber pünktlich ausgezahlt worden ist. Als Schreiber dieses im Jahre 1851 mit dem seligen Pastor Wyneken Sen. Deutschland in kirchlichen Angelegenheiten besuchte, schon da erklärte der Entschlafene, dass er in Kurzem in unserer Mitte hier in Amerika erscheinen werde. Wir zweifelten damals, ob dies so ernst gemeint sei; allein sechs Jahre später, 1857, erschien der theure Mann wirklich in unserer Mitte und erbot sich, sowohl in unserem Gymnasium, als in unserem Seminar, welche damals hier in St. Louis mit einander verbunden waren, unentgeltlich zu unterrichten, was dann auch unsere Synode laut ihres Jahresberichtes von 1857 mit Dank und grosser Freude annahm, da es sich bald herausgestellt hatte, dass er, Dr. Seyffarth, in allen Artikeln der christlichen Lehre mit uns im Glauben von Herzen einig sei.

Seine Liebe zu der Alterthumswissenschaft trieb ihn aber nach einigen Jahren nach New York, wo ihm grosse öffentliche Bibliotheken, in welchen gerade viele seltene, in sein Fach einschlagende Werke sich fanden, offen standen. Hier hat er denn auch in seinem Wissensgebiete bis an seinen Tod mit unermüdlichem Fleisse gearbeitet, soviel es die sich immer mehr und mehr einstellenden Gebrechen des Alters, wozu zuletzt fast völlige Erblindung kam, ihm gestatteten. So gross seine Gelehrsamkeit war, so dass er in der gelehrten Welt, namentlich was sein Fach betrifft, einen grossen Namen erlangt hat, so war er doch in Glaubenssachen einfältig wie ein Kind. Nicht nur war er immer ein eifriger Besucher des Gottesdienstes in denjenigen unserer New Yorker Gemeinden, innerhalb welcher er sich gerade aufhielt, er war auch auf das Eifrigste bemüht, Gemeinden zu sammeln und in jeder Beziehung stärken zu helfen. Unserer Synode treu zugethan, hat er dies auch dadurch bethätigt, dass er nicht nur dem Schreiber dieses noch vor wenigen Monaten ein grosses, werthvolles, vierzehnbändiges Geschichtswerk zum letzten Andenken verehrt, sondern auch, wie wir hören, dem hiesigen Concordia Seminar in seinem Testament $1000 zu Stiftung von Studentenstipendien vermacht hat. Wir freuen uns über dieses Vermächtniss um so mehr als die Verlegenheit, unsere lieben armen Studenten durchzubringen, mit jedem Jahre wachsen zu wollen scheint. „Das Gedächtniss des Gerechten bleibet im Segen."

Auszüge

aus Seyffarth's Briefen an seine Eltern.

1826—28.

Innigst geliebte Eltern!

„Glücklich bin ich in Bayern's Hauptstadt angelangt und meine ersten Gänge waren zu den hiesigen Freunden des Alterthums, deren Güte und ehrenvolle Aufnahme ich nicht genug rühmen kann, und zu den Museen, welche der unvergleichliche Kunstsinn Sr. Majestät, des verehrten Königs, auch mit egyptischen Denkmälern verziert hat. Leider ist von den Schriften des alten Egypten bis jetzt noch so gut wie gar nichts bekannt geworden und so müssen die Priester dieser schönen Vorwelt um das angezündete Licht zu nähren, mühsam die Materialien selbst sammeln und herbeibringen. Vielleicht ist Ihnen nicht unangenehm, vorläufig zu erfahren, was von Egyptens Denkmälern der Literatur und Kunst jetzt in München aufbewahrt wird, daher ich mich unterstehe, Ihnen einige Bemerkungen mitzutheilen, was ich späterhin ausführlicher zu thun hoffe. Unter den Denkmälern des egyptischen Alterthums in München verdient unstreitig ein Obelisk aus Granit, welcher in der Glyptothek liegt, den ersten Platz. Der Stein ist vortrefflich bearbeitet und die Hieroglyphen sind in Hinsicht der Nettigkeit kaum übertreffbar. Ob wohl der Verfertiger gedacht haben mag, dass einst sein Werk weit nach Norden hin, in unser deutsches Vaterland wandern werde?

Nächstdem nenne ich eine ziemliche Anzahl von
Tafeln aus Kalkstein und Marmor mit symbolischen
Darstellungen in Hieroglyphen, hieratischen und demotischen Inschriften. Es ist wahr, sie sind fast ohne Makel,
sauber, weiss wie von gestern; allein unächt sind sie gewiss nicht. Diese Steine waren ursprünglich nicht einge-
mauert, sondern waren mit Klammern an den Wänden
befestigt. Allem Anscheine nach waren es eine Art
Votivtafeln, und dergleichen werden noch jetzt, an katho-
lischen und anderen Kirchen befestigt, gefunden. Ich
habe einen glücklichen Fund gethan, da ich unter
anderem nun weiss, was mehrere Zeichnungen in Spohn's
Papieren vorstellen sollen. Trotz aller Erkundigungen
habe ich von vielen Urkunden in Spohn's Nachlass, da
nirgends eine Notiz zu finden war, noch nicht erfahren
können, woher sie gekommen. Wie gesagt, Spohn erhielt ebenfalls Zeichnungen, von denen ich jetzt gewiss
weiss, dass sie von ähnlichen Votivtafeln genommen
wurden.

Doch was diesen Steinen einen sehr hohen Werth giebt,
ist eigentlich die Uebereinstimmung ihres Textes. Sie
enthalten sämmtlich einen und denselben Text, nur oft
kürzer oder länger, und ich habe in meinen „Rudimentis"
gezeigt, wozu dergleichen Paralellstellen dienen.

Ich habe hier viele Freunde gefunden. Thiersch, oder
vielmehr v o n Thiersch (denn hier wird jeder gebildete
Mann ein Herr v o n genannt) ist ein trefflicher Mann.
Martius hat mir viel Liebe erwiesen. Die Bibliothekare
waren so liberal als möglich."

VERONA, 28. April 1826.

„Auch in Verona waren meine ersten Gänge in die
Kirchen, um das religiöse Leben kennen zu lernen. Das
christliche Leben nimmt um so mehr ab, je näher man dem

Stellvertreter Christi kommt. Ich habe auch Predigten gehört; sie dauerten nur fünf Minuten und waren unter aller
Kritik. Man glaubt Marktschreier zu hören, nicht aber
Geistliche, weil alle 20 Worte wiederkehrt: la chiesa
catholica! Das Amphitheater, welches aus den Zeiten
der ersten römischen Kaiser herrührt, ist sehr merkwürdig. Jetzt ist es Ruine, aber noch sind drei Merkmale zu
finden, um sich von dem Geiste dieses Wunderbaus einen
Begriff zu machen.

Nach 12 Stunden ging es weiter nach Venedig. Die
Italiener sagen: vedere Napoli morire, vedere Venezia
discorrere. Ich stimme bei, doch nicht mit freudigem
Herzen. Der Anblick Venedigs ist überraschend; seines
Gleichen gibt es auf dieser Welt nicht. Es ist wahr,
Venedig ist noch immer gross und hat viele Sehenswür-
digkeiten, allein die Gefühle nach der ersten Berauschung
sind schrecklich. Die Alten dachten sich die Unterwelt
als einen Ort, wo keine Sonne ist; hätten sie Venedig
gesehen, sie würden sich dieselbe als einen Ort vorgestellt haben, wo keine Handvoll Erde ist, wo kein Baum
seinen Schatten wirft, keine Blume blüht, die Quader
brennen wie höllisches Feuer, die Kanäle stinken wie Aas
und nach der Schwüle des Tages ist kein kühles Lüftchen
zu finden. Die Strassen sind so eng, dass man die Arme
nur unterzustemmen braucht, um beide Wände zu berüh-
ren. Die weiteste Strasse ermisst man mit ausgestreck-
ten Händen. Venedigs Strassen sind die Kanäle; an
ihnen stehen die Paläste.

Egyptische Papyri sind nicht da. Merkwürdig ist eine
Votivtafel auf der Bibliothek, welche mit denen zu
München vollkommen übereinstimmt."

MAILAND, 23. Mai 1826.

„Wider Erwarten habe ich auf den Bibliotheken und Museen zu Venedig, Padua, Vicenza und Verona wenige egyptische Alterthümer und Schriften gefunden, welche das wiedererwachte Studium der Literatur des ehrwürdigen Egyptens fördern und für die Wissenschaft von Wichtigkeit sein könnten. Selbst Mailand mit seiner weltberühmten Ambrosiana bewahrt wenige Reste von Egyptens literarischem Nachlasse. Auf der Brera, dem an anderen Schätzen der Wissenschaft so reichen Palaste, befinden sich viele Bruchstücke von ehedem grossen hieratischen Papyris, einige wohlerhaltene Mumienkasten mit hieroglyphischen Inschriften und andere Kleinigkeiten. Letztgenannte hieroglyphische Inschriften, welche gegen dreissig Mal denselben Hymnus wiederholen, sind dieselben, welche ich mit den Votivtafeln in München und einer anderen in Venedig gefunden habe, mithin lehrreiche Abschriften desselben, wie ich glaube. Einige der hiesigen Fragmente hält Champollion, der auch in Mailand war, für ein Register aus der Regierung Ammenephter (XIX. Dynastie des Manetho). Allein bekanntlich hat Champollion noch keine Zeile Text gelesen; in der Schrift ist nichts, was diese Vermuthung bestätigt, und ob andere Stücke dieser Rolle, welche zu Turin aufbewahrt werden, dafür zeugen, werde ich bald sehen. Doch scheint es, als dürfe man noch gar nicht der bisherigen Ansicht über Hieroglyphen widersprechen. So glaubt Ferussac bei Gelegenheit einer Recension von Spohn's „Aegyptiacis" im „Bulletin des Sc." vom Oktober 1825 meine „Memoria Spohn's" wolle einen Triumph Deutschlands über Frankreich vorstellen! Wahr, wahr! wenn die Grenzen der Wissenschaft mit den Grenzen der Völker vermengt werden, wogegen ich wenigstens protestiren muss!"

Turin, 3. Juni 1826.

„Schon bin ich acht Tage in Turin, habe aber noch
nicht viel gesehen, weil ich alle Tage auf der Bibliothek
und in der Academie bin, und weil überhaupt nicht viel
Merkwürdiges hier ist. Ueberall bin ich sehr ehrenvoll
aufgenommen worden; wie ein Wunderthier haben sie
mich angestaunt. Man konnte es nicht begreifen, dass
ein anderer klüger als Champollion sein könnte. Das
Museum ist unglaublich reich und für mich wichtig. Jetzt
will ich alles oberflächlich durchsehen, um bald nach Rom
zu kommen, ehe die Hitze anfängt. Später komme ich
zurück und hole das Uebrige nach. Unter den Merkwürdigkeiten, die ich bis jetzt gefunden habe, sind mehrere Papyri aus der 5ten Dynastie des Manetho, welche
mithin 2,500 Jahre vor Joseph in Egypten geschrieben
sind, wenn Manetho und ich nicht irren. Champollion
ist jetzt in Florenz, wo ich ihn treffen werde. Er hat
hier zwei Monate auf mich gewartet, nachdem er, Gott
weiss wie, gehört hatte, ich wollte nach Turin kommen,
ebenfalls in egyptischen Angelegenheiten.

Turin, 14. Juni 1826.

„Meine Erwartungen rücksichtlich des Museums zu
Turin sind bei weitem übertroffen worden. Bis jetzt habe
ich alles nur oberflächlich durchsehen können und selbst
dieses nicht, weil viele Gegenstände aus Mangel an Raum
noch nicht ausgepackt sind; doch bin ich überzeugt,
dass keine Sammlung egyptischer Alterthümer in Europa
bis jetzt so gross und so wichtig sei als die hiesige. Von
den mehreren tausenden Gegenständen nenne ich nur
die wirklichen MSS., deren über 200 sind, zum Theil
von ausserordentlichem Umfange, Mumien von Thieren und Menschen gegen 60, über 30 Bildsäulen, zum
Theil wahre Wunderwerke, über 1500 Scarabäen und

200 Stelen. Viele dieser Schätze schreiben sich aus einer
Zeit her, von der ich selbst nicht glaubte, dass sie durch
Kunst und Wissenschaft so gross gewesen. Wer hätte
es glauben sollen, es gebe noch Handschriften aus der
Zeit der Pharaonen, Handschriften, die älter als Herodot
sind, ein Herodot vielleicht selbst in den Händen hatte?
Ich habe zwei demotische Handschriften aus der Regierung
des Prammetichus I. gefunden. Andere gehören noch
früheren Vorzeiten an. Doch wie erstaunte ich, als ich
sechs Papyri aus der 5. Dynastie des Manetho fand. Ist
das Verzeichniss des Manetho richtig und die Vermuthung
des Eusebius zuverlässig, so sind wir im Stande, Schriften
zu lesen, die über 2000 Jahre älter sind als Joseph in
Egypten. Hierzu kommt noch, dass viele der ältesten
Handschriften wirklich g e s c h i c h t l i c h sind. Ein einziges Blättchen kann für die Wissenschaft von der höchsten Bedeutung sein; wie viel lässt sich von so vielen
uralten reichhaltigen MSS. erwarten! Sie haben das
Eigenthümliche, dass sie nicht gerollt, sondern nach
Art unserer Bücher geheftet und auf beiden Seiten beschrieben sind. Von den hieratischen Papyris zeichnen
sich der Grundriss einer Königskatakombe, eine vortrefflich erhaltene Hymnensammlung und ein geschichtlicher
von ausserordentlicher Sauberkeit aus. Bei der Zeichnung
der Katakombe sind alle Verhältnisse angegeben. Die
Rolle mit den hieratischen Hymnen ist der längste Papyrus der Art, den ich gesehen habe. Seine Erhaltung ist
ausserordentlich. Leider kann letzteres von einem hieratischen Papyrus nicht gesagt werden, der alles bisher
bekannte an Pracht und Schönheit übertrifft. Der Papyrus ist wie unser Papier so glatt und fein und hatte ursprünglich eine Höhe von 2½ Fuss, eine Länge von
wenigstens 20 Fuss. Die Schrift ist kolossal, so dass nur
wenige Zeilen den hohen Raum ausfüllen, aber von einer

Bestimmtheit, Genauigkeit, Eleganz, die keine Beschrei-
bung zulässt. Und dieses Meisterstück der egyptischen
Kalligraphie ist jetzt durch Champollion's Unbarmherzig-
keit in viele kleine Stücke zerschnitten. Die Schnitte
gehen mitten durch die Zeilen und Buchstaben, deren
Form nun häufig nicht wieder erkannt wird; die hieroglyphischen Papyri sind meistentheils liturgisch.

ROM, den 29. Juli 1826.

— „Dass im Göttinger Anzeiger abfällige Urtheile
über die Rudimenta stehen, wundert mich nicht, da sie
von Müller, einen Champollianer, ausgehen und schadet
mir nichts, da ich die Sache klarer auseinander setzen
werde. Ich habe dies Alles erwartet und gewissermassen verursacht, weil ich das Fundament meines
Systems nicht bekannt machen wollte. Sobald ich
zurück bin, lasse ich im 2. Heft meiner „Beiträge"
alle Recensionen über mich abdrucken mit Bemerkungen und gebe die Paralellstelle aus der Inschrift
von Rosetta zum Besten. Hier habe ich die freund-
lichste Aufnahme gefunden. Ich habe gespeist bei
den Ministern von Russland, Portugal, Frankreich,
Holland, Preussen und Hannover. Bei einigen ging
es wahrhaft fürstlich zu. Auf Gold und Silber hatte ich
noch nicht gespeist. Italinsky, der russische Gesandte,
ein Mann von 85 Jahren, der noch alle Tage seine arabischen und persischen MSS. studirte, ist mein grösster
Gönner. Das „Diario di Roma" machte meine Ankunft
gleich im ersten Artikel ehrenvoll bekannt und in der
„Gazetta di Fiorenze" stand ein ehrenvoller Artikel über
meine Rudimenta. An Böttiger habe ich vorige Woche
geschrieben und ihn ersucht, dass er es durchsetzen möge,
dass die Regierung Aufträge giebt, zum Ankaufe egyptischer Handschriften, da wir noch nichts haben und alle

Welt aus den hiesigen egyptischen Antiquarien Sammlungen ankauft. Unstreitig wird er meinen Brief dem
Minister Einsiedel mittheilen.

Die interessanteste Bekanntschaft, die ich gemacht
habe, ist unstreitig die von Champollion. Eines Tages
arbeite ich auf dem Vatikan. Es pocht, und pocht und
pocht wieder. Endlich mache ich auf und sehe einen
kleinen, schwarzen und untersetzten Mann, der etwas
schielt, und einen Orden trägt ; in seiner Begleitung war
ein junger Mann. Ich melde sie bei Monsignore Mai an,
während der Unbekannte, der mich wahrscheinlich an
meinem Kramen mit den Papyrus erkannte, mich mit
finsterem Blicke anstarrte. Mai leugnete nachher, dass
es Champollion gewesen sei, gestand es aber Tags darauf. Dies ist ominös. Es scheint, als ob der Zufall hätte
sagen wollen: Durch ihn (meine Rudimenta) geht's ein
in die Geheimnisse Egyptens !

Tags darauf war ich bei Italinsky eingeladen, konnte
aber erst nach Tische, nämlich um 7 Uhr erscheinen,
nachdem er nochmals geschickt hatte. Da war denn
Champollion da und wir wurden bald einander vorgestellt. Es dauerte nicht lange, da mussten wir vor Ministern und Gesandten disputiren. Drei Stunden lang
haben wir gesprochen und Champollion mit einer Heftig-
keit, dass ich fürchtete, ihn zu reitzen. Ich sagte wenig
und berief mich immer auf die Verschiedenheit unserer
Systeme. Dies hatte den Erfolg, dass einige glaubten, ich
sei von Champollion's System überzeugt. Doch erklärte
ich den einzelnen, dass auf solche Weise nichts erreicht
werde und dass ich aus S c h o n u n g ihn nicht habe
prostituiren wollen. In der That hätte ich von Champollion mehr und anders erwartet, als ich gefunden habe
Er behauptet das albernste Zeug, glaubt an ein demo-
tisches Alphabet von 800 Buchstaben; meint, dass die

alte Sprache Egyptens die neue koptische sei, konnte nicht einmal das Wort *boro* lesen u. s. w. Dabei sprach er mit einer Anmassung und Unverschämtheit, der nur ein Franzose oder ein Champollion fähig ist. So sagte er z. B., er spräche das Koptische so gut als das Französische etc., und wusste nicht einmal, dass *aspho* Jahr bedeutet. Kurz und gut, ich bin sehr gegen Champollion jetzt eingenommen. Nur so viel habe ich bemerkt, dass er voll Aengstlichkeit war und von mir seine Entlarvung fürchtete, daher er gewissermassen zu solchen Mitteln schreiten musste und vielleicht einige Entschuldigung verdient. Er ist ein Mann von etwa 35 Jahren. Wir gingen als Freunde dennoch auseinander und haben uns als solche immer wieder gefunden. Vorgestern hat er mir seine Aufwartung gemacht und mir manche Gefälligkeiten erwiesen. Politik und Artigkeit kann man den Franzosen nicht absprechen. So ist es nun ganz glücklich abgegangen, ob man gleich zum allerwenigsten ein Duell mit zwei Obelisken befürchtete. Meinerseits hätte ich den Obelisk von dem Lateran gezogen, der etwa 200 Ellen lang ist und unten 6 Ellen im Durchmesser hat. Ich habe hier viele Gegner von Champollion gefunden, und man ist auf meine Rudimenta gespannt, welche noch nicht angekommen sind. Das hiesige diplomatische Corps lässt die Obelisken copiren. Von Zeit zu Zeit kommen sie zusammen und revidiren, mit grossen Fernröhren bewaffnet, die gemachten Zeichnungen. Ich bin immer dabei und wurde dazu gleich am ersten Tage nach meiner Ankunft eingeladen und im Wagen abgeholt.

ROM; 21. August 1826.

— Champollion ist nach Neapel abgereist und geht mit demselben Dampfboot von da nach Livorno. Ich hoffe ihn in Neapel oder Florenz wieder zu finden. Wir sind die besten Freunde, da e r höflich ist aus Furcht und i c h aus Höflichkeit. Er hat hier grossen Anhang, aber auch viele Widersacher, welche die Nichtigkeit seines Systems durchschauen und seine Charlatanerie verabscheuen. So hat er neulich eine Uebersetzung von einer grossen Stele gemacht, worin auch nicht e i n Wort richtig ist. Er erklärte, wie Kircher, alles symbolisch.

Die Hitze ist hier ziemlich lästig; wenn man nur aus dem Schatten in die Sonne tritt, so ist es gerade als ob man mit heissem Wasser übergossen würde. Vielleicht hätte ich im Winter alles das vollendet, was ich zu thun habe. Meine Erholungsstunden sind Abends. Von 9—5 Uhr arbeite ich gewöhnlich in den öffentlichen oder privaten Museen.

ROM, 27. September 1826.

Rom, so reich es an Schätzen ist, besitzt kein grosses besonderes egyptisches Museum; doch sind der kleinen so viele, dass sie zusammen eines der grössten und merkwürdigsten der Welt ausmachen. Nur Rom erfreut sich eines Museums unter freiem Himmel von 13 Obelisken, welche jetzt, ein hohes Verdienst der Regierung und der auswärtigen Minister, man kann sagen, zum erstenmale gezeichnet und gestochen werden. Ich selbst habe die Revision geleitet. Bei der liberalen und ehrenvollen Theilnahme, welche man hier mehr als irgendwo an der Wiedergeburt der egyptischen Literatur und meinen hieroglyphischen Studien nimmt, habe ich alle diese Museen auf das Gründlichste benutzt und darinnen die merkwürdigsten Gegenstände entdeckt. Am zahlreichsten sind die Alterthümer, die, da sie ohne Inschriften sind, zunächst der Kunstgeschichte dienen. Hierher gehören eine Menge von kleinen Bildsäulen aus

Metall, Stein, Holz, Thon und anderen Geräthen, als
Löffel, Geschmeide, Gefässe, Scarabäen u. d. m. zum
Theil von ausserordentlicher Schönheit und Sauberkeit.
Seltener sind Papyri, namentlich solche, die nicht Abschriften eines und desselben Textes sind. Ueber die
Papyri auf dem Vatikan haben wir den gedruckten Ka-
talog, über welchen ich mich des Urtheils enthalte. Unter die besonderen Merkwürdigkeiten kann man noch
rechnen einige grössere geschichtliche Scarabäen, mehrere geschichtliche Stelen, Thürgewände aus den Zeiten
der Pharaonen mit genauester Angabe des Jahres, Mona-
tes und Tages, Urnen mit egyptischen Göttern und hieroglyphischen Symbolen und lateinischen Inschriften.
Auch befindet sich hier ein Kanop, wohl zu merken aus
der XVIII. Dynastie des Manetho, welcher in den Gräbern der Tarquinier gefunden worden sein soll, wogegen
ich jedoch protestiren muss. Ueberhaupt werden wir
bald bei dem egyptischen Alterthumskram eben die Vorsicht nöthig haben, wie bei dem griechischen und lateinischen.

Ein Papyrus, vollkommen gerollt und hermetisch ver-
siegelt, wurde durchaus für vollständig und ächt gehalten ; allein es fand sich, dass er viele kleine Stücke von
vier verschiedenen Papyris enthielt, und dass dieselben
angefeuchtet, dann gerollt und endlich an den Enden
abgebrannt worden waren, um der Rolle den Anschein
des Alterthums zu geben. Ich bin so glücklich gewesen,
Monumente aus fast allen Dynastien der egyptischen
Könige von Menes an bis auf die Zeiten der Römer herab
zu finden. Alle diese Monumente waren bisher unbekannt oder verkannt, indem z. B. Champollion den
Obelisk des Sesostris für ein Monument des Thouthmosis
erklärte, als ob der Ibis die Silbe Thouth symbolisch
bedeute.

Fast drei Monate bin ich hier und habe eigentlich wenig zu meinem Vergnügen gesehen, vieles ganz lassen müssen. Mit Schrecken vernahm ich, dass Michaelis vor der Thüre ist, ohne dass ich das Ende meiner Reise vor Augen sehe. In Neapel, Florenz, Turin habe ich wenigstens 8 Monate zu thun; was bleibt mir für Paris und Lyon übrig? und wie viel wird mich der unvorhergesehene Aufenthalt in Italien kosten? Trotz meinen Arbeiten bin ich sehr wohl. In Leipzig habe ich den Schnupfen fast alle 4 Wochen gehabt und jetzt bin ich frei geblieben so lange ich in Italien bin.

LIVORNO, 30. Oktober 1826.

Es ist doch eine schlechte Geschichte, das Reisen zur See. Das Meer war sehr unruhig und das Schiff schaukelte so entsetzlich, dass alle krank wurden, selbst die geübten Seefahrer. Ich war der dritte, der sich übergeben musste, und wie! Wir sind 44 Stunden unterwegs gewesen und in der ganzen Zeit bin ich nicht eine Stunde auf den Füssen gewesen, habe auch nicht einen Löffel voll gegessen. Am schlimmsten ging es die Nacht. Gegen 30 Personen schliefen in einem kleinen Zimmer beisammen, das nicht grösser war als die Hälfte deiner Stube, liebe Mutter, und nur halb so hoch. Mit dem Kopfe berührte ich die Decke. Wenn einer anfing zu brechen, brachen sie alle; und unsere 5 Damen thaten das möglichste. Dieser Geruch, die Hitze und der Dampf von den Steinkohlen! Am morgen sahen wir aus wie ein Schinken; selbst mein Hemd war braun geräuchert. In der nächsten Nacht ging es noch schlimmer. Die Wellen gingen haushoch, weil wir einen förmlichen Sturm auszuhalten hatten. Mehrmals sprangen die Passagiere auf, weil sie glaubten, das Schiff sei auf einen Felsen gerathen.

Vor dem Hafen von Livorno mussten wir noch zwei Stunden warten, ehe wir uns ausschiffen konnten. Livorno ist keine prächtige Stadt, weil die Paläste Roms und Neapels fehlen ; allein sie ist sehr freundlich. Die Strassen breit, hell, alle mit Quadern gepflastert und die Leute schöner als in Neapel.

FLORENZ, 10. November 1826.

Während meines hiesigen Aufenthaltes habe ich viel von der Kälte erdulden müssen. Wir Deutsche frieren nirgends mehr als in Italien, dem Lande der Sonne. Ueberhaupt bin ich so zum Italiener geworden, dass ich nicht mehr drei zählen kann, ohne die Finger aufzuheben. Oft habe ich ganze Wochen und Monate lang kein deutsches Wort sprechen können. So sehr es mir in Italien gefallen hat, so kann ich doch sagen, dass ich mich herzlich nach Deutschland zurück sehne. Den Deutschen könnte es hier in Florenz noch am besten gefallen. Die Leute sind hier noch am wenigsten Italiener. Man findet hier viele deutsche Sitten und deutsche Gesichter.

Auch hier habe ich viel gearbeitet, da das egyptische Museum viele merkwürdige Sachen enthält. So habe ich allein über 400 Scarabäen gefunden. Mit grosser Liberalität bin ich auch hier aufgenommen worden. Der Grossherzog, welcher grosses Interesse nimmt an den egyptischen Entdeckungen, hat nach mir besonders gefragt, und wahrscheinlich würde ich ihm vorgestellt worden sein, wenn er nicht gestern erst vom Lande zurückgekehrt wäre. Die hiesige Bibliothek habe ich nicht benutzen können, doch würde ich auch schwerlich viele koptische Handschriften gefunden haben.

Mit Schrecken habe ich gesehen, wie es über mein Geld hergegangen ist. So sehr ich mich eingeschränkt habe, so kostete mich die Reise doch sehr viel. Man wird betrogen, man mag es anfangen wie man will. Vieles ist auch wirklich sehr theuer. In Turin habe ich wenigstens noch einen Monat zu thun und die Reise und der Aufenthalt in Paris kostet viel. Aufgeben kann ich Paris nicht und Arbeit für 4 Wochen finde ich gewiss in Paris. Hierzu kommt noch, dass ich die Nothwendigkeit eingesehen habe, von Paris auch nach London zu gehen. Ich muss einen Gypsabdruck von der Inschrift von Rosette haben. Kann ich diesen nicht erlangen, so muss ich wenigstens die Inschrift praesens copiren.

In Turin erwartet mich noch eine Ausgabe, auf die ich nicht gerechnet habe. Die Vertheidigung meines Systems gegen Champollion, so klein sie ist, (sie wird 3 Bogen stark) muss ich auf meine Kosten drucken lassen, weil die Buchhändler hier nie etwas verlegen. Ich werde sehen, wie die Sache sich macht ; doch wird der Druck, wenn ich ihn selbst besorgen muss, immerhin gegen 30 Thaler kosten.

Champollion scheint jetzt vor mir Respect zu bekommen, wenigstens hat er gegen seine Busenfreunde geäussert, ich hätte den Teufel im Leib. Durch ganz Italien ist es bekannt, dass ich eine Antwort auf Champollion's Schrift drucken lasse.

TURIN, 13. December 1826.

Meine Briefe, die mein einziges Tagebuch sind, werdet Ihr aufgehoben haben.

In Florenz hatte ich eben meine Arbeiten beendet, als ich eine Gelegenheit nach Genua fand. Ein schöner bedeckter Wagen, 4 Pferde, eine nicht hässliche Französin zur Begleiterin schienen gute Vorbedeutungen. Allein kaum waren wir zur Stadt hinaus, als das schlechte Wetter anfing und über 14 Tage dauerte. Manchen Tag konnten wir nur drei Meilen fahren ; die Bergströme wa-

ren sehr angeschwollen und einige derselben—es sind de-
ren gegen 40 zu passiren—erlaubten die Durchfahrt im
Dunkeln gar nicht, daher ich statt nach 4 erst nach 8
Tagen in Genua ankam. Von Lucca, wo meine Beglei-
tung an den Hof ging, war ich mutterseelenallein im un-
geheuren Wagen und langweilte mich entsetzlich, da der
Fuhrmann nur seinen genueser Dialekt sprach, den kein
Römer einmal versteht.

Meine egyptischen Arbeiten schreiten besser vorwärts,
seit ich eine besondere Stube habe. Anfangs musste ich
in dem kalten, feuchten Saale arbeiten, allein ich konnte
es nicht mehr aushalten, obgleich sie mir zwei Kohlen-
pfannen zur Seite setzten. Das Museum gehört der Universität, steht aber im Academiegebäude und die Academie liegt immer im Streite mit der Universität. Conte
Balba schlug es mir geradezu ab, von der Academie mir
ein Zimmer für meine Arbeiten zu geben. Daher musste
ich andere Wege einschlagen. Mein Minister und andere
Freunde in der Academie haben es durchgesetzt. Ich
habe die beiden Stuben, welche Champollion hatte und
andere hiesige Gelehrte zu ähnlichen Beschäftigungen.
Die Academie giebt Holz, Licht, Papier etc., alles
was ich haben will. Meine Wohnung ist ein kleiner
Thurm, da ich 6 Treppen hoch arbeite, doch kann ich
jetzt nach meiner Bequemlichkeit den ganzen Tag kramen, auch die Nacht, wenn ich will, statt dass ich vorher
nur einige Stunden mit steifen Fingern arbeiten konnte.

In Turin bin ich überzeugt worden, dass die Kälte ein
Stoff ist. Wie Alles in Italien intensiv grösser ist, so ist
es auch die Kälte. Ihr glaubt nicht, wie empfindlich
die Kälte ist. Doch so wie ich mich an die Hitze
Rom's gewöhnt habe, so fühle ich auch die Kälte
nicht mehr so heftig. Das Holz ist sehr theuer. Ein
Stück, zwei Ellen lang, das ich mit einer Hand umspan-

nen kann — grösseres gibt es nicht — kostet 2 ggr. oder
7 Soldi.

TURIN, 12. Januar 1827.

Die Uebersetzung meiner Schrift gegen Champollion
hat sehr aufgehalten. Zuerst hatte ein Abbate mir eine
Uebersetzung gemacht, für die ich 25 Franken bezahlt
habe ; allein sie war so übel, dass ich sie durch und durch
corrigiren musste. Jetzt macht mir Graf Senf v. P. eine
andere. Doch weiss ich nicht, ob er es bekannt werden
lassen will. Senf's erweisen mir erstaunliche Liebe. Drei,
viermal esse ich bei ihnen und eine Stunde vorher lese
ich mit der Gräfin den Homer. Doch ist es nicht gefähr-
lich. Meine junge Schülerin versteht viel Griechisch und
macht Fortschritte.

Gegen Champollion habe ich übrigens gemässigt, aber
auch bisweilen derb geschrieben, besonders gegen seinen
Bruder.

Neulich habe ich im „Journal des Debats" eine förm-
liche Reisebeschreibung von mir gefunden. Ich vermuthe, dass der Aufsatz in der „Leipziger Zeitung" gestanden hat, weil bemerkt war, dass diese Notizen aus
Leipzig gesandt worden seien.

Ich arbeite viel im Museum, gewöhnlich von 8—4 Uhr.
Alles, was mir irgend wichtig ist, wird abgeschrieben.
Die Hälfte des Museums besitze ich schon und ich lasse
nicht eher Ruhe, als bis ich das ganze Museum mit den
übrigen in Italien in der Tasche habe. Täglich finde ich
neue Sachen. Es ist unglaublich, welche Schätze das
Museum enthält.

TURIN, 12. Februar 1827.

Meine Arbeiten gehen ziemlich schnell vorwärts. Neulich habe ich wieder sehr wichtige Papyri gefunden.

TURIN, 4. April 1827.

Mit meinem Conservatore del Museo egiziano, dem Herrn Quintino habe ich rechte Noth gehabt und ich habe sie noch. Er ist ein stolzer, anmassender Mann, der durchaus nicht die Sachen sehen lassen will. Vor 4 Wochen kündigte er mir an, dass ich nunmehr alles gesehen habe, ob ich gleich wusste, dass noch gegen 100 Papyri, von denen ich theilweise Abschriften in den Händen hatte, fehlten. Er antwortete mir auf einen Brief, dass er vermöge seiner Instruction das Uebrige nicht zeigen könne. Darauf ging ich zum Marchese Prignoli und überreichte ein förmliches Schreiben an den Magistrato della Riforma mit der Frage, ob es erlaubt sei, das Uebrige zu sehen. Und so wurde ein § aus den Instructionen des Conservatore aufgehoben und der Conte Gazelli liess in meinem Beisein alle Schränke öffnen und die 60 noch nicht aufgewickelten Papyri herbei bringen. Quintino war ausser sich vor Wuth. Dennoch wollte er beschwören, das die gewünschten Papyri nicht vorhanden wären und dass sie von Champollion mitgenommen oder vernichtet seien. Ich weiss, wer hier diese Papyri versteckt hat ; allein dringe ich darauf, so wird er sie selbst vernichten, wie ich überzeugt bin, daher ich mich darein ergeben muss.

Meine Antwort auf Champollion's Brief habe ich an Barth gesandt.

In der „Bibliotheca Italiana" zu Mailand wollten sie meine Uebersetzung abdrucken ; allein es ist jetzt zu spät, da ich das Italienische nicht früher vollenden konnte.

TURIN, 21. Mai 1827.

Die Franzosen hören nicht auf, herabwürdigend über mein System zu sprechen und geradezu die deutsche

Nation zu beschimpfen. Erst kürzlich ist eine französische Uebersetzung von der Salt'schen Schrift über Hieroglyphen erschienen, wo in der Vorrede von den verunglückten Studien der deutschen Nachbarn, von ihrer Eitelkeit, ihren steten Missgriffen u. s. w., unter schönen Ausdrücken die Rede ist. Ich selbst bin vollkommen hierüber getröstet, da in demselben Buche eine inscriptio bilinguis ist, hieroglyphisch mit griechischer Uebersetzung. Das Champollion'sche System ist durchaus nicht im Stande diese Inschrift zu lesen, und um einen einzigen Namen in Uebereinstimmung zu bringen mit dem griechischen, verändert der genannte Beleidiger der Deutschen im griechischen Texte einen Buchstaben und im hieroglyphischen zwei oder drei, ohne das Wort Philutos ganz lesen zu können. Hätte der gute Mann nur mein Alphabet a n g e s e h e n, so würde er gefunden haben, dass alle die Buchstaben, welche in jener Inschrift vorkommen, von mir voraus bestimmt waren, und dass man nur auf m e i n e grammatische Weise den Text richtig und sehr leicht lesen kann. Die genannte Inschrift ist daher endlich die beste Widerlegung des Champollion'schen Systems und ebenso der beste Beweis für die Richtigkeit meiner Entdeckungen. Ein eben so schlagendes Argument habe ich hier gefunden, eine Mumie mit hieroglyphischer und griechischer Inschrift, deren Entzifferung nach Champollion's System unmöglich, ebenso in meinen "Rudimentis" gleichsam voraus gegeben wurde.

TURIN, 17. Juni 1827.

Mein Husten und Schnupfen ist noch recht schlimm, weil ich mich nicht in das Bett legen wollte, wie mir die Aerzte befohlen, sondern täglich, um keine Zeit zu ver-

säumen, in das kalte Museum ging, welches immer meinen Zustand anscheinend verschlimmerte.

Ich sehe noch einem anderen Aufenthalt entgegen.
In Livorno ist eine grosse Sammlung egyptischer Alterthümer von Anastasi in Alexandrien zum Verkauf angekommen. Der russische Konsul in Genua hat mir sogleich das Verzeichniss geschickt, und unter anderem befindet sich daselbst ein demotischer Papyrus von 20 Fuss
Länge mit eingeschriebener griechischer Uebersetzung.
Sollte sich dieses bestätigen, so haben wir ein Monument,
das zehnmal so wichtig ist, als die Inschrift von Rosette.
Ihr werdet daher begreifen, dass ich die abermalige Reise
nach Livorno nicht unterlassen kann. Vorderhand habe
ich nach Livorno schreiben lassen um zu wissen, ob es
erlaubt sein wird, die ganze Sammlung zu sehen und
einiges abzuschreiben.

Meine Schrift hat hier grosses Aufsehen gemacht, wird
auch im nächsten Hefte der Bibliotheca Italiana zu Mailand abgedruckt. Die Academie war für Champollion,
und wollte durchaus keine Lehren annehmen, um so mehr,
da Champollion in seinem Briefe sich auf ihre Autorität
berufen hatte und er zu ihrem Mitgliede im ersten Eifer
gemacht worden war. Jetzt haben sie nicht anders ge-
konnt und haben mich ebenfalls zum Mitgliede der hiesigen königl. Academie gemacht. Champollion oder dessen Bruder wird vermuthlich auf meine „Difesa" etwas
schreiben, da sie ihm von hiesigen Freunden übersendet
worden ist, und ich werde nicht ermangeln, in Paris
etwas drucken zu lassen. Hierzu habe ich die besondere
Veranlassung, dass neulich ein Franzose, welche Leute
nicht so bald aufhören werden zu schimpfen, wiederum
in einer anderen Schrift über mein System heftig herge-
fallen ist, ohne nur eine Zeile von meinem Buche gelesen
zu haben.

Gegen Champollion hat sich ein neuer Gegner, Herr
Klaproth in Paris, aus Berlin gebürtig, erhoben. Klaproth schrieb eine kleine Schrift, worin er eine scheinbare
Entdeckung (die aber unrichtig ist) über Hieroglyphen
von einem andern bekannt macht. Gegen dieses Schriftchen hat Champollion sehr hart und sehr ungerecht und
beleidigend geschrieben, indem er wie bei mir Alles ver-
drehte. Klaproth hat nun entsetzlich grob geantwortet
und so, dass Champollion als Ignorant und Verfälscher
beschämend dasteht. Ueber mich wird er sich nicht beklagen können, da ich ihn mit der höchsten Artigkeit
widerlegt habe.   •

TURIN, 15. Juli 1827.

In der "Antologia di Firenze" hat ein Aufsatz gestanden, worin unter anderem gesagt wurde, dass von meinem System nicht mehr die Rede sei nach Champollion's
Widerlegung. Ob Champollion auf's Neue gegen mich
schreiben wird, steht zu erwarten und ich werde sehen,
ob ich antworten muss. Auf jeden Fall gehe ich nicht
mehr polemisch zu Werk, sondern werde, falls ich antworte, einige Inschriften citiren mit griechischer Uebersetzung, welche nach Champollion's System nicht gelesen werden können und deren Entzifferung in meinem
System voraus gegeben wurde.

Aus meiner Reise nach Livorno wird unstreitig nichts,
da Cavall. Castilioni durchaus nicht erlaubt, etwas aus
der Sammlung abzuschreiben. Es ist daher besser zu
warten bis die Sammlung an irgend ein Land verkauft
sein wird, und später dahin eine Reise zu machen. Ich
höre, dass Anastasi hofft, seine Schätze für 400,000 Franken nach Schweden zu verkaufen. Indessen steht zu erwarten, ob Schweden dieses Anerbieten annehmen wird,

da der Werth von diesen Monumenten noch nicht überall genug bekannt ist.

Turin, 26. August 1827.

Meine Arbeiten hier sind nun ziemlich zu Ende. Morgen habe ich noch eine Stele zu copiren und die Scarabäen abzudrücken, worauf nur noch einige Tage zu arbeiten auf meinem Zimmer auf der Academie übrig bleiben werden. Binnen 8—10 Tagen reise ich über Genf
und Lyon nach Paris ab.

Aus meinem Leben kann ich Euch wenig Erhebliches
schreiben, da es wie bisher ziemlich einseitig ist und ich
täglich getrennt von aller Welt 12—14 Stunden ununter-
brochen mit meinen Mumien mich unterhalte.

Klaproth hat kürzlich, wie mir ein Pariser erzählte,
Champollion's System widerlegt und das meinige als das
richtige anerkannt. Eine frühere Schrift von ihm gegen
Champollion war sehr stark.

Meine Schrift ist in der Bibliotheca Italiana zu Mailand
richtig abgedruckt worden.

Paris, 17. Nov. 1827.

In den vier Tagen, die ich hier bin, habe ich noch wenig
gesehen. Das Leben und Wogen auf den Strassen, der
Lärm vom Morgen bis in die Nacht ist unbeschreiblich
und noch immer bin ich in einer Art von Rausch, der
mich nicht zu mir selbst kommen lässt. Mein erstes
Anliegen war, meine unzähligen Empfehlungsschreiben
abzugeben.

Herrn Champollion, meinen Feind, habe ich im Museum aufgesucht; er hat mich äusserst zuvorkommend
aufgenommen, mir alles gezeigt und mir versprochen,
mich ganz nach meinem Wunsche die Sammlung be-

nützen zu lassen. Ich komme hier, wie ich sehe, in eine eigene Lage.

Es haben sich hier unter den Gelehrten und Nichtgelehrten zwei grosse Parteien gebildet, von denen die eine für mich und die andere für Champollion gestimmt ist. Der grössere Theil ist gegen Champollion.

Meine Schrift gegen Champollion ist durchaus nicht bekannt geworden. Meine Widersacher haben alle Kunde davon unterdrückt und namentlich hat kein Journal eine Silbe davon erwähnt. Im Gegentheil hat De Lacy, den die Gebrüder Champollion, wie so manchen anderen, wahrscheinlich durch fälschliche Berichte für sich eingenommen haben, erst kürzlich eine Kritik gegen mein System im „Journal des Savants" einrücken lassen, wo er sich ganz auf Champollion's Brief gegen mich beruft, ohne nur ein Wort von meiner Antwort darauf zu sagen.

In einem Journal habe ich gelesen, dass das hiesige egyptische Museum am 4. September ausgestellt worden sei und dass der König selbst die Eröffnung begonnen habe. Zu meinem Bedauern fand ich das Gegentheil. Die ganze Sammlung befindet sich noch in einigen Sälen des Louvre in grösster Unordnung, zum Theil noch nicht einmal ausgepackt. Champollion arbeitet noch immer fortwährend daran, die einzelnen Gegenstände einzurichten, zu restauriren, anzustreichen u. s. w., welches letztere bei mir und Anderen grosse Missbilligung erfahren muss.

Ueberall hier hört man deutsch sprechen. Es sollen gegen 80,000 Deutsche in Paris sein. Wir haben wenig Städte, wo 80,000 Deutsche darinnen wohnen. Hier in Paris sieht man wieder rothe Backen.

PARIS, 27. Nov. 1827.

Ich arbeite täglich, so lange es hell ist, von 10—1 und 2 Uhr auf der Bibliothek, um coptische Handschriften zu vergleichen. Von 1—5 Uhr bin ich in Champollion's Museum. Letzteres ist sehr reich und ich bin erstaunt über diese Schätze, namentlich die Kolosse, als mehrere königliche Sarkophage.

PARIS, 4. Dec. 1827.

Meine Kasse besteht noch in 875 Franken. Es ist hier alles sehr theuer, doch hoffe ich bis London zu reichen. Wenn es irgend möglich ist, reise ich gegen Ende des Jahres ab. Alles kann ich nicht benutzen, weil das Museum noch nicht in Ordnung ist. Ich muss daher auf jeden Fall wieder einmal nach Paris, um das, was ich jetzt nicht copiren kann, nachzuholen. Die Jahreszeit ist wirklich schrecklich für mich zum Reisen. Doch möchte ich gegen April bei Euch sein, um noch Zeit zu haben, meine Sachen in Ordnung zu bringen und meine Collegien zu Ostern wieder anzufangen. Vorzüglich geht es mir im Kopfe herum, dass im Winter zwischen Holland und London keine Dampfschiffe, und gewöhnliche nur langsam gehen, oft mit der Aussicht, eine Woche unterwegs zu bleiben.

PARIS, 18. Dec. 1827.

Ich bin zufrieden mit meinem Aufenthalt. Champollion ist soweit gegangen, dass er mich zu Tische geladen hat, was ich abgelehnt.

PARIS, 19. Januar 1828.

Viel Zeit habe ich nicht mehr zu verlieren, wenn ich zu Ostern zurück sein soll, da bis dahin nur mein Urlaub geht. Wenn ich erst gegen Pfingsten einträfe, so bliebe mir doch für Oxford, Cambridge und Leyden nur kurze Zeit. Nach Oxford und Cambridge muss ich, seitdem ich weiss, dass daselbst viele Aegyptiaca sind.

Meine Abreise von hier ist etwas verspätet worden
Vor 14 Tagen bekam ich Reissen in den Füssen und dem
rechten Arme, was ich mir in den Sälen des Louvre zugezogen hatte, wo es erstaunlich kalt und feucht ist.
Champollion hat sich wahrscheinlich auch daselbst sein
Podagra, von dem er nun seit einigen Tagen hergestellt
ist, zugezogen. Seit der Zeit bin ich nicht wieder in den
Louvre gegangen, sondern habe mich zu Hause gehalten.
Alle Nächte habe ich geschwitzt, doch bin ich jetzt vollkommen wieder hergestellt bis auf einige Empfindlich-
keit im rechten Arme.

Um die Zeit nicht zu verlieren, habe ich einige coptische MSS. abgeschrieben, die sehr merkwürdig und
nützlich für mich sind, da sie zum Theil höchst reichhaltige alte Glossarien und Grammatiken enthalten. Von
einem neuen Reisezuschuss von Dresden verlautet nichts ?
Hoffentlich werden sie nicht so unbillig sein, mir gar
nichts weiter zukommen zu lassen und ich werde ihnen
meine Rechnungen vorlegen, wenn ich zurück komme.

Vor wenigen Tagen soll die Ausgabe des Champoll.
Systems erschienen sein. Man hat mir gesagt, Ch. habe
mehrere Punkte nach mir geändert. Während Ch.'s
Verfechter alles aufbieten, um geltend zu machen, dass
Ch.'s System richtig sei und das meinige falsch, muss
Champollion selbst nachgeben. Ich werde mich sobald
als möglich selbst davon überzeugen.

PARIS, 30. Januar 1828.

So lange es hell ist, arbeite ich in den Museen und der
Bibliothek. Warm finde ich es nirgends und zuletzt geht
mir immer das Lebensfeuer aus, so dass ich die Feder
nicht gut halten kann. Leider bin ich noch nicht fertig
und sehe voraus, dass ich noch 14 Tage zu thun haben
werde. Täglich mache ich neue und angenehme Bekannt-

schaften. Meine Schrift gegen Ch. fängt an, grosses Aufsehen zu erregen. Ich habe viele Exemplare vertheilen
müssen und diese gehen nun von Hand zu Hand.

PARIS, 1. März 1828.

Täglich finde ich neue Inschriften, die Champollion,
geradezu gesagt, verfälscht hat, oder wenigstens absichtlich unrichtig copirte. Namentlich gilt dies von
einer Mumieninschrift mit griechischer Uebersetzung auf
der Bibliothek. Alles, was gegen sein System war, hat
er weggelassen und alles dies dient zur Bestätigung des
meinigen. So hat sich Champollion selbst seinen Untergang bereitet, da ich davon nicht schweigen kann.

PARIS, 7. April 1828.

Mit gutem Gewissen kann ich sagen, dass ich hier keinen Tag, keine Stunde verloren habe.

LONDON, 17. Mai 1828.

Nie und nirgends habe ich so schönes Grün auf den
Bäumen und in den Gärten gesehen als hier. Die Bäume,
der Rasen, alles ist viel lichtgrüner als bei uns und besonders in Italien, wo alles mehr dunkelgrün ist. Den Unterschied zwischen Rom und London bemerkt man jedoch
bald. Während ich mich voriges Jahr und vorvoriges
kaum zu retten wusste vor der römischen und turiner
Hitze in derselben Zeit, friert es mich jetzt noch alle
Tage in der Sonne. Andere Leute behaupten zwar, es
sei schon erschrecklich heiss, doch kann ich nicht recht
beistimmen, es wäre denn, dass sich meine theure Ober-
fläche ganz und gar umgewandelt hätte. Wir haben das
schönste Wetter. Täglich lerne ich recht vortreffliche
und wahre biedere Leute kennen, und mein Aufenthalt

würde noch weit angenehmer sein, wenn ich die Zeit hätte, so viele treffliche Bekanntschaften recht zu geniessen. Es ist hier noch recht viel von wahrer Frömmigkeit zu finden. Sonntags treibt man es vielleicht etwas zu weit. Alles ist geschlossen, sogar viele Speisehäuser und man muss verhungern, wenn man sich nicht Tags zuvor versehen hat. In keiner Familie findet man Gesellschaft. Doch sind die Kirchen unglaublich voll und oft von dem einzelnen 2 bis 3 mal besucht an demselben Tage. Die übrige Zeit bringt man gewöhnlich mit Lesen in der Bibel zu. Noch nirgends habe ich so schöne Leute, besonders Frauen gesehen, als hier.

Neulich habe ich eine sehr merkwürdige Einrichtung gesehen, nämlich eine Dampfdruckerei. Sie ist einzig in der Welt, soviel ich weiss und es ist erstaunend, wenn man bedenkt, was alles dazu gehört und was vorangehen musste, ehe ein solches Werk entstehen konnte. Ein einziges Rad druckt 7—14,000 Bogen in der Stunde. Der Druck ist schöner wie der schönste mit den gewöhnlichen Pressen.

Das schrecklichste was ich gesehen habe, ist die Erhängung von 5 Männern zu gleicher Zeit in der Stadt, auf der Strasse. Alles junge, schöne Leute, die gestohlen hatten, zum Theil nicht mehr als 16 Schillinge unter Einbruch und die alle bis auf einen starben mit dem Ausruf: Mörder! Mörder! Es waren 50 zum Tode verurtheilt, die übrigen waren vom König begnadigt und nach Neuseeland verwiesen worden. Gott, dieser Anblick, und wie habe ich die Milde unserer Gesetze gepriesen!

LONDON, 10. Juli 1828.

Die Nachricht aus Eurem letzten Briefe vom 4. Juni, innigst geliebte Eltern, dass ich die Collegiatur, wozu

ich glaubte die mehrsten Ansprüche zu haben, nicht erhalten habe, hat mich mehr niedergeschlagen, als Ihr
vielleicht und andere glauben. Ich muss dies als ein
Missgeschick ansehen, nicht blos für mich, sondern auch
für die Universität. Ich will nichts davon sagen, wie
man im A u s l a n d e davon spricht und sprechen wird,
wie in Sachsen E n t d e c k u n g e n belohnt werden.

Während in anderen Ländern Männer, die nicht den
z e h n t e n Theil von dem, was ich auf meiner Reise und
bei meinen früheren egyptischen Arbeiten entdeckt habe,
auf die ehrenvollste Weise ausgezeichnet und in die ein-
träglichsten Aemter eingesetzt werden, entzieht man
mir die einzige zu hoffende Verbesserung meiner dringen-
den Lage, auf die ich die nächsten Ansprüche hatte. Ich
mache niemanden Vorwürfe, glaube vielmehr, dass die
Umstände oder noch nicht bekannte Triebfedern die Ur-
sache davon sind.   Allein ich muss die Frage aufstellen,
ob eine solche Thatsache ein günstiges oder ungünstiges
Licht auf Sachsen wirft ? Ebenso leid und schmerzlich
für mein Herz ist es, dass ich nun meine egyptischen Arbeiten bis auf das nöthige zu Spohn's Werk bei Seite
legen muss. Champollion und andere scheuen sich nicht,
fortwährend gegen die Wahrheit und das Christenthum
zu schreiben und man sah es überall, in Italien, Frankreich und hier als ein Glück an, wenigstens so weit man
mich kannte und der Wahrheit die Ehre gibt, dass ich
der einzige vorderhand sei, der dergleichen Irrthümer
widerlegen könne und werde. Selbst abgesehen davon,
bin ich der einzige in Deutschland, der sich ausschliesslich mit dem egyptischen Alterthum beschäftigt und bei
der grossen Masse von gesammelten Hilfsmitteln mit
glücklichem Erfolge beschäftigen kann und es würde gewiss ehrenvoll für die Universität und Sachsen gewesen
sein, wenn ich hätte das bleiben können, was Champollion

für Frankreich und Young für England ist. Ich habe bereits meine Materialien zum Theil aus den Händen gegeben.

Die Bible Society hat Nachricht von meinen Entdeckungen in Rom erhalten, rücksichtlich der coptischen Handschriften der Bibel und bereits ist der Rev. Dr. Latham beauftragt worden, diese noch ungedruckten Theile der coptischen Bibel auf Kosten der Bible Society herauszugeben. Wie gesagt, ich klage noch niemand an, als vielleicht die Umstände, darum bitte ich Euch, liebe Eltern, nicht weiter davon zu sprechen und die Sache unter uns zu beklagen. Ich lasse jetzt einen Aufsatz drucken zu Gunsten Spohn's und des Vaterlands.

In kurzer Zeit bin ich hier fertig und hoffe nun recht bald Euch wieder zu sehen.

Dr. Young ist nach Italien abgereist, um die Alterthümer zu benützen, die ich entdeckt habe. Er war sehr erstaunt, als ich ihm Kenntniss von den Schätzen jenseits der Alpen, namentlich in Turin gab.

LONDON, 8. Aug. 1828.

Im britischen Museum habe ich meine Arbeiten vollendet und jetzt beschäftigen mich noch einige Privatmuseen, deren es in England eine grosse Menge gibt. Den Abguss von der Inschrift von Rosette habe ich ohne grosse Schwierigkeiten erhalten und ich bin jetzt der einzige, der diese grosse Vergünstigung erhielt.

Mein Aufsatz ist in der Londoner „Literary Gazette" vor 14 Tagen gedruckt worden und ich habe eine Anzahl Abdrücke erhalten. Der Titel ist "Remarks upon an Egyptian History in Egyptian characters with respect to an article in the Edinburgh Review."

Neulich habe ich bei dem Herzog von Sussex, dem Bruder des Königs, zu Mittag gegessen. Ihr könnt Euch

denken, wie ehrenvoll dies ist, da ich ihm früher nicht
vorgestellt, noch ihm empfohlen war. Es waren ausser
mir 10 Personen, angesehene Leute, Prinzen, Leibärzte,
Professoren und andere Gelehrte gegenwärtig und der
Herzog setzte mich trotzdem in seine Nähe. Ich kann
Euch nicht genug sagen, wie herablassend und gütig
S. Königl. Hoheit gegen mich war. Nach Tische musste
ich sogar mit ihm rauchen. Er spricht sehr gut deutsch.
Die Zeit bis zum Weggehen ist uns schnell vergangen,
da der Herzog eine neue phönicische Inschrift herbei
brachte, über deren Erklärung wir verhandelten. Ich bin
erstaunt über die allseitigen Kenntnisse des Herzogs. In
seiner unvergleichlich schönen Bibliothek, die in manchen
Fächern erstaunlich reich und selbst in Handschriften
nicht arm ist, war er ganz zu Hause. Er versteht fast
alle Sprachen, selbst die gelehrten, Hebräisch u. s. w.

London wird ziemlich leer, und schon sollen gegen
200,000 Personen auf das Land gegangen sein.

Viele haben mich eingeladen, sie auf ihren Landsitzen
zu besuchen, wozu ich freilich die Zeit nicht habe. Jedoch bin ich gedrungen, einen Ausflug von 10 Meilen zu
machen, da daselbst eine egyptische Sammlung ist und
der Herzog mich selbst an dessen Eigenthümer empfohlen hat.

Champollion, wie ich soeben erfahren habe, ist nach
Egypten abgereist. Eine sonderbare Erscheinung, während des Krieges zwischen Frankreich und Egypten.

LONDON, 24. Aug. 1828.

Morgen reise ich nach Oxford und Cambridge. Mit
dem was nothwendig war, bin ich hier fertig und in den
beiden genannten Städten will ich nur das allernothwen-
digste benutzen, um zu Michaelis in Leipzig wieder einzu-

treffen. Der Abguss der Inschrift von Rosette, den ich erhalten, geht in wenigen Tagen von hier über Hamburg und Magdeburg nach Leipzig ab.

LONDON, 11. Sept. 1828.

Von meiner Reise nach Oxford und Cambridge, wovon ich Euch in meinem letzten Briefe, innigst geliebte Eltern, schrieb, bin ich seit einigen Tagen zurück und gehe morgen mit dem Dampfschiffe nach Rotterdam. Dieser Ausflug, wobei in der Regel jede deutsehe Meile in einer halben Stunde gemacht wurde, ist mir sehr angenehm und nützlich gewesen. Ich habe die beiden Hauptuniversitäten Englands und vielleicht der Welt gesehen, freilich nur während der Ferien. Doch kann man sich die Collegia hinzudenken.

An beiden Orten habe ich mich vor Stille und Ruhe nicht zu lassen gewusst. Ich glaubte mich selbst verloren zu haben, so gross ist der Unterschied zwischen London und dort. Sonntags bin ich dreimal in der Kirche gewefen. Von Aegyptiacis habe ich nicht viel, aber manches merkwürdige gefunden, z. B. die andere Hälfte eines Sarcophags in Neapel. In Oxford sind sehr viele coptische Handschriften, die ich so weit als möglich benutzen musste.

ROTTERDaM, 15. Sept. 1828.

Ich behaupte doch, dass das Meer eine hässliche Sache ist, theuerste Eltern, und ich freue mich, dass ich wieder auf dem Festlande bin.

Morgen gehe ich nach Leyden, wo ich das egyptische Museum und die Bibliothek sehen werde. Von da gehe ich wahrscheinlich gleich nach Cöln und Frankfurt in 5—8 Tagen, und von da in 3 Tagen nach Leipzig. Genaues kann ich noch nicht schreiben, weil ich nicht weiss, wie viel ich in Leyden finden werde.

Die Forschungen Seyffarth's.

Wie schon früher bemerkt, so ist diese Schrift nicht für
Fachgelehrte, besonders aber nicht für Spezialisten der
Egyptologie bestimmt; auch kann es durchaus nicht un-
sere Aufgabe sein, den Werth oder den Unwerth der
Seyffarth'schen Forschungen kritisch zu zergliedern;
wenn wir nun letzteren trotzdem ein Kapitel widmen und
eine Uebersicht der wissenschaftlichen Wirksamkeit
Seyffarth's versuchen, so geschieht dies nur aus dem
Grunde, weil wir dem Leser wenigstens ein im allgemeinen vollständiges Bild jenes Gelehrten liefern wollen.
Bei dieser etwas aphoristisch gehaltenen Darstellung folgen wir nun ausschliesslich Seyffarth's handschriftlichen
Aufzeichnungen um so lieber, weil wir alsdann keine per-
sönliche Verantwortlichkeit für den Inhalt derselben zu
übernehmen brauchen.

Die alten Egypter hatten statt eines Alphabetes 630
Zeichen, womit sie ihre Ideen ausdrückten. Die Bedeutung derselben ging im Laufe der Zeit vollständig verloren und erst als 1799 der Rosette-Stein mit hieroglyphischer von einer griechischen Uebersetzung begleiteten
Inschrift entdeckt wurde, war eine Basis für sichere Forschungen gegeben.

Vorher, nämlich im Jahre 1636, hatte sich allerdings der
Jesuit Kircher mit der Entzifferung der Inschriften einiger
Obelisken befasst; da er jedoch ein jedes Zeichen für ein
vollständiges Wort ansah, so verfehlte er den rechten
Weg. Glücklicher war der Engländer Dr. Thomas Young,
der 1819 zuerst 15 phonetische Hieroglyphen entzifferte.

Drei Jahre darauf leugnete Champollion, der Young's Forschungen nicht kannte, in seiner Schrift "De l'écriture hiératique des anciens Égyptiens" die Existenz phonetischer Hieroglyphen; dann aber gab er dieselbe in "Précis du Système hiéroglyphique" zu, ohne jedoch den wahren Entdecker zu nennen. Sein späterer Versuch, seine Theorie durch eine Uebersetzung des Rosette-Steins zu rechtfertigen, schlug fehl. Lepsius, der 1866 nach Champollion's System den Tanis-Stein entziffern wollte, musste 440 Gruppen unerklärt lassen. Ueberhaupt hat nach Seyffarth's Ansichten Champollion die Entzifferung der Hieroglyphen nur erschwert und die Gelehrten verwirrt.

Seyffahrt's System ist auf folgende Weise entstanden:

1824 ging er nach Berlin, um in der dortigen öffentlichen Bibliothek die reichhaltige Sammlung egyptischer Papyri zu untersuchen und entdeckte eine Anzahl verschiedener Exemplare der heiligen egyptischen Zeittafeln. Dieselben wurden Wort für Wort mit einander verglichen und da stellte es sich dann heraus, dass die Egypter eine Silbenschrift besassen und dass fernerhin mehrere Hieroglyphen andere Buchstaben ausdrückten, als Champollion angegeben hatte.

Indem nun Seyffarth Theile des Rosette-Steines und andere hieroglyphische Texte übersetzte, kam er zu der Ueberzeugung, dass die Sprache der alten Egypter sich von der modernen koptischen unterschieden habe und dass sie mit dem Hebräischen verwandt sein müsse. Schrieb doch auch Josephus den Egyptern einen "heiligen Dialect" zu.

So entstand Seyffarth's Werk "Rudimenta Hieroglyphices," Lipsiae 1826. Es enthielt nach seinem späteren Eingeständniss viele Irrthümer; die Grundzüge fand er jedoch durch Weiterstudien bestätigt. Ueber die Behauptung, dass das Egyptische dem Hebräischen verwandt sei, spricht er sich ausführlich in seiner "Grammatica Aegyptiaca" (Leipzig 1855) aus. Die Richtigkeit seines Hieroglyphenschlüssels sucht er durch folgende Angaben zu beweisen :

Die erste Uebersetzung des Rosette-Steines, die von Prof. Uhlemann in Göttingen ausging, beruht auf Seyffarth's Silbenhieroglyphen; nach Champollion's System wäre sie unmöglich gewesen.

Ferner, Seyffarth's Hieroglyphenschlüssel wurde zuerst von ihm 1845 in einem Pamphlet veröffentlicht, das Brugsch in Berlin geschenkt wurde, der es dann seinem Freund Rougé in Paris schickte und sich ein zweites Exemplar vom Verfasser ausbat. Mittelst dieser Silbenhieroglyphen, die Champollion unbekannt waren, erklärte Brugsch den Rosette-Stein. Von 122 Hieroglyphen, die er als Silbenbezeichnungen ansah, waren 30 jener Schrift entnommen; trotzdem aber proclamirte er den Franzosen als den Erfinder des Hieroglyphenschlüssels und erklärte, Seyffarth's Theorien beruhten nur auf Täuschung.

1851 veröffentlichte Rougé eine Uebersetzung einer im Grabe von Amos gefundenen Inschrift nach Seyffarth's Theorie; er war ehrlich genug, die Entdeckung der Silbenbezeichnung nicht Champollion zuzuschreiben, gedachte aber des wahren Erfinders mit keinem Worte. Brugsch stimmte der Ansicht Champollion's, nach welcher das moderne Koptische die Sprache ist, welche dem Altegyptischen am nächsten steht bei, und führt in seinem grossen Dictionär zahllose Wörter auf hebräischen Ursprung zurück. Seine Autorität für die Verwandtschaft des Koptischen mit dem Hebräischen ist Benfey ("Egyptische und semitische Sprache," 1844), wohingegen doch schon Peyron in seinem koptischen Wörterbuch (Turin 1835) darauf aufmerksam gemacht hatte und schon 1826 in Seyffarth's "Rudimenta" sich hieroglyphische Wörter mit hebräischen Wurzeln befinden.

Was man überhaupt heute zu Champollion's System rechnet, sind nur Seyffarth's Entdeckungen. Von 1823 bis 1842 leugnete Champollion noch die Existenz der Silbenhieroglyphen; Brugsch gibt derselben in seiner Grammatik und seinem Wörterbuch gegen 600, wovon der grösste Theil Seyffarth's "Grammatica Aegyptiaca" und einigen seiner früheren Schriften entnommen ist.

Ueber Seyffarth's sonstige Forschungen gibt der "Deutsche Pionier" (Cincinnati 1874) nach seinen eigenen Angaben folgende übersichtliche Darstellung :

Biblische Geschichte und Zeitrechnung. Die bekannten vier Weltalter beginnen mit dem Tage der Schöpfung, der Frühlingsnachtgleiche 5870 v. Chr. (astronomisch gerechnet). Jedes derselben umfasste 2146 Jahre, in welchem Zeitraume der Nachtgleichenpunkt des Thierkreises um ein Zeichen, oder 30 Grade sich verschiebt. Die Epochen der vier Weltalter sind mathematisch durch Beobachtungen der Planetenorte im Thierkreise von altersher bestimmt, nämlich 5870, 3724 und 1578 v. Chr., 568 n. Chr.

Die Sündfluth endete am 7. Sept. 3446 v. Chr., wie die Planetenorte im Noachischen Alphabete bezeugen.

Moses wurde drei Jahre nach der Conjunction von Saturn und Jupiter in Pisces 1951 v. Chr. (nämlich 1947) geboren.

Die Israeliten verliessen Egypten 1866 v. Chr.

Vom Auszuge aus Egypten bis zum Bau des salomonischen Tempels sind 880 Jahre verflossen.

Die babylonische Gefangenschaft hat wirklich 70, nicht 66 Jahre gedauert und endete 533 v. Chr.

Die Geschichte der Könige von Juda und Israel enthält keine Interregna, sondern einige Könige, Vater und Sohn, haben gewisse Jahre gleichzeitig regiert.

Die Zeitrechnung der Septuaginta bei St. Lukas und allen Kirchenvätern ist durch mathematische Thatsachen bestätigt.

Die Zeitrechnung des hebräischen Textes ist nach der Zerstörung Jerusalems von den Rabbinen um 2000 Jahre verkürzt worden, um den Messias noch erwarten zu können. Die Hebräer haben bis 100 Jahre n. Chr. sowohl im Kirchenjahre als im gewöhnlichen Jahre nicht nach Mondmonaten, sondern nach festen Sonnenmonaten von 30 Tagen gerechnet.

Die wichtigsten Begebenheiten des Alten und Neuen Testamentes, die Gründung und Weihung des Salomonischen, Serubabelschen und Herodianischen Tempels, die Verkündigung und Geburt des Täufers und Christi sind auf die Cardinaltage des Jahres, die Aequinoctial- und Solstitialtage, gefallen.

Die Verkündigung des Täufers erfolgte bevor die Priesterklasse Abia am 21. September im Jahre 2 v. Chr. Geburt den Tempel verliess. Die Zeitrechnung des N. T. und des Dionysius Exiguus, welcher die christliche Aera mit dem astronomischen Jahre 0 (Null) beginnt, ist bis auf Tag und Jahr richtig.

Christus ist im 6. Jahrtausend nach Adam in die Welt gekommen, wurde 9 Tage vor Anfang der Dionysischen Aera geboren, trat 30 Jahre alt sein Lehramt an, hat bis zur Himmelfahrt 3 Jahre 6 Monate gelehrt, ist am 19. März, dem 14. Nisan, 33 n. Chr. gekreuzigt worden und nach drei Tagen und drei Nächten auferstanden, wie die Propheten vorausgesagt haben und alle Evangelisten bezeugen.

Die Apostel Petrus und Paulus sind nicht 67, sondern 68 n. Chr. hingerichtet worden.

Die Zerstörung Jerusalems erfolgte nicht 70, sondern 71 n. Chr., im zweiten Jahre Vespasian's.

Egyptische Geschichte und Zeitrechnung. Die Geschichte Egyptens hat nicht vor der Fluth und der Schöpfung, sondern erst 666 nach der Sündfluth, mit der ersten Hundssternsperiode am 20. Juli 2780 v. Chr. begonnen.

Mit demselben Jahre, sowie 1320 v. Chr. und 140 nach Chr. haben die Apisperioden der Egypter begonnen.

Von Manetho's Dynastien haben mehrere bis auf Amos, den ersten König der XVIII. Dynastie herab gleichzeitig mit anderen in anderen Provinzen regiert.

Die beiden Dynastien der Hirtenkönige (Hyksos) bei Manetho sind die Abrahamiden und Israeliten. Salatis ist Joseph, der Ha-Schalit hiess.

Thutmos III., unter welchem die Israeliten auszogen, hat seit 1903 v. Chr. regiert.

Die Geburtsjahre vieler Pharaonen und die Ankunft des Menes in Egypten am 20. Juli 2780 v. Chr. sind durch astronomische Beobachtungen mit mathematischer Gewissheit bestimmt.

Die Pyramide des Cheops und die übrigen bei Memphis sind erst nach David erbaut worden.

Den grossen Zeiträumen vor Menes bei Manetho liegen Mondmonate zu Grunde, daher die Egypter die Schöpfung ebenfalls in's Jahr 5870 v. Chr. gesetzt haben.

Römische Geschichte und Zeitrechnung. Petav und alle seine Nachfolger haben Roms Erbauung, die Könige und alle Consuln bis Jul. Cäsar's Herrschaft um ein Jahr zu frühe angesetzt.

Cäsar's Regierung hat nicht 5, sondern 6 Jahre gedauert; seine Ermordung und die Einführung des Julianischen Kalenders gehören in's Jahr 41, nicht 43 v. Chr.

Petav hat die Consules suffecti Rufus und Silanus im 5. Jahre des Claudius, und die Consules suffecti Verus und Priscus im 9. Jahre Vespasian's für Ordinarii gehalten und somit alle vorangehenden Consuln und Begebenheiten der römischen Geschichte um resp. 1 und 2 Jahre zu früh gesetzt.

Griechische Geschichte und Zeitrechnung. Die in der römischen Geschichte erwähnten Olympischen Spiele, die astronomischen Doppelaltäre zu Olympia, die Isthmia und Nemea und alle astronomischen Beobachtungen der Griechen beweisen, dass die Olympiaden und alle Geschichtsbegebenheiten Griechenlands 2 Jahre später stattgefunden haben, als die gebräuchlichen, auf Petav gegründeten Zeittafeln angeben.

Alexander der Grosse ist nicht 323, sondern 320 v. Chr. gestorben.

Die Griechen haben im bürgerlichen Leben nicht nach Mondmonaten, sondern nach festen Sonnenmonaten zu 30 Tagen, die Josephus mit den Hebräischen vergleicht, gerechnet.

Gamelion und Apellaeus begannen mit dem 4. December des Julianischen Jahres.

Die Jahre der Olympischen Spiele waren Schaltjahre.

Persische und Babylonische Geschichte und Zeitrechnung. Der Canon des Ptolemäus hat die Babylonischen Könige um 2 Jahre zu spät, die Alleinherrschaft des Cyrus um 2 Jahre zu früh gesetzt. Letztere gehört in's Jahr 533 v. Chr., in welchem die Juden die Erlaubniss zur Rückkehr nach Jerusalem erhielten.

Mandane, Cyrus's Mutter, wurde ein Jahr nach der Schlacht am Halys 620, nicht 610 v. Chr. geboren.

Kambyses eroberte Egypten nicht 523, sondern 521 v. Chr., ein Jahr vor Anfang einer Apisperiode.

Die sogenannten Ruinen von Niniveh bei Mossul beziehen sich nicht auf das Jahr 625 v. Chr., in welchem Nebucadnezar's Vater Niniveh zerstörte, sondern sie sind aus späterer Zeit, denn Layard fand darin eine Elfenbeintafel mit dem Namen des Königs Hophra, die jetzt im Brit. Museum ist und die erst Nebucadnezar nach Besiegung Hophra's und Egyptens 584 v. Chr. dahin gebracht haben kann.

Philologie und Paläographie. Die Ursprache, von der alle Sprachen der Welt abstammen, war die hebräische oder altchaldäische.

Die Hieroglyphenliteratur, seit Athothis, 2780 v. Chr., 666 Jahre nach der Sündfluth, fortgepflanzt, enthält eine grosse Menge von hebräischen Wörtern und grammatischen Formen, die in der späteren Sprache des Landes, im Koptischen fehlen, oder nach bestimmten Gesetzen entstellt sind.

Das Uralphabet enthielt 25 Buchstaben, von denen einzelne hier und da ausser Gebrauch kamen. Die im hebräischen Alphabete fehlenden 3 Buchstaben finden sich, wenn man damit die Alphabete der übrigen alten Völker, namentlich das griechische, lateinische, koptische, arabische, äthiopische, Sanscrit, Zend, Pehlwi, etrurische und runische vergleicht.

Die hebräischen Buchstaben *(Sain und Zade)* lauteten ursprünglich wie g und q.

Das Sanscrit-Alphabet besteht aus Zend und Pehlwi-Buchstaben, umgekehrt geschrieben.

Die Aussprache der griechischen Buchstaben ging nicht auf einmal, sondern nach und nach in die der Neugriechen über.

Die alte Aussprache der griechischen Buchstaben war in manchen Fällen verschieden von der Erasmischen und Reuchlinischen.

Allgemeine Religionsgeschichte und Mythologie. Die Religionen aller alten Völker stimmen im Allgemeinen mit einander überein, weil sie aus einer gemeinschaftlichen Quelle hervorgegangen sind.

Alle Völker des Alterthums verehrten zwar im Grunde den Schöpfer und Erhalter aller Dinge; sie glaubten aber, dass er mittelst Untergöttern die Welt regiere, nämlich durch die sieben Planeten und durch die 12 Zeichen des Thierkreises, woraus 2 besondere Götterordnungen entstanden. Dies ist die wahre Bedeutung der im A. und N. Testamente erwähnten heidnischen Gottheiten, der Gottheiten der Römer, Griechen, Egypter, Chaldäer, der nordischen Völker u. s. w.

Die Gottheiten der Alten waren keineswegs, wie jetzt gelehrt wird, locale vergötterte Naturkräfte.

Die heiligen Thiere der Egypter wurden als „Sinnbilder göttlicher Kräfte, die den Planeten und Zodiacalgöttern zuertheilt waren, verehrt. Dasselbe gilt von den heiligen Thieren, welche neben den griechischen und römischen Götterbildern erscheinen.

Die Mythe vom Vogel Phönix, dem Chol im Hiob, bedeutet Durchgänge Mercur's durch die Sonnenscheibe.

Astronomie und astronomische Denkmäler der Alten. Die Astronomie ist, wie Josephus und die Egypter berichten und die astronomischen Beobachtungen bis 5780 v. Chr. beweisen, so alt wie das Menschengeschlecht.

Die Alten hatten denselben Thierkreis und dieselben Sternbilder, welche noch heute gebräuchlich sind.

Die Alten drückten die, mit blossen Augen sichtbaren Planeten, einschliesslich Sonne und Mond, durch die Bilder der 7 Planetengötter, die 12 Zeichen des Thierkreises durch die Bilder der 12 grossen Götter aus.

Im Noachischen Alphabet sind die 7 Planeten durch die 7 Vokale, die Abschnitte des Thierkreises durch die Consonanten ausgedrückt.

„Seit undenklichen Zeiten" haben die Alten bei wichtigen Begebenheiten, besonders bei der Geburt der

Könige und römischen Kaiser beobachtet, in welchen
Zeichen und kleineren Abschnitten des beweglichen
Thierkreises die 7 Planeten standen.

Die Alten kannten das Vorrücken der Fixsterne und
Rückweichen der Nachtgleichenpunkte, daher sie die
Planetenorte nicht nach den Sternbildern, sondern nach
den Zeichen des Thierkreises bestimmten.

Die Planetenconstellationen wurden gewöhnlich an den
4 Cardinaltagen des Jahres, den Nachtgleichen und Sol-
stitien beobachtet.

In Egypten waren bei den Tempeln besondere Priester
als Astronomen angestellt, die sogenannten Pterophoren.

Die astronomischen Denkmäler der Alten stellen gewöhnlich den Planetengott mit dem Zodiacalgott zusammen, in dessen Bereiche ersterer sich befand. Auf anderen Denkmälern findet man alle 12 Zeichen des Thierkreises durch die Bilder der 12 grossen Götter ausgedrückt, aber statt der letzteren einen Planetengott, wenn
der Planet im betreffenden Zeichen stand.

Die römischen *Arae* beziehen sich auf die Geburtsjahre
der römischen Kaiser.

Die wichtigsten astronomischen Beobachtungen und
Denkmäler der Alten sind folgende: Die Planetencon-
stellationen zu Anfang der ersten 3 Weltalter (5870,
3724, 1578 v. Chr.), das Noachische Alphabet (3446 v.
Chr.), 17 Denkmäler mit der Planetenconstellation des
Menes (2880 v. Chr.), die Conjunction von Saturn und
Jupiter in Pisces, 3 Jahre vor Moses Geburt (1951 v.
Chr.), der Sarcophag des Osimandyas (1734 v. Chr.), die
Tempelwand zu Karnak (1734 v. Chr.), der Sarcophag
Ramses d. g. (1692 v. Chr.), der Sarcophag zu Leeds
(1722 v. Chr.), der Leipziger Sarcophag (1524 v. Chr.),
der Tempel des Horus (1780 v. Chr.), der Sarcophag des
Takelothis (989 v. Chr.), der Monolith Amos II. (571 v.

Chr.), drei Sarcophage im britischen Museum (785, 630 v. Chr.), die Olympischen Doppelaltäre (777 v. Chr.), der Olympische Zeus (489 v. Chr.), der Parthenon Fries (479 v. Chr.), zwei Lectisternien bei Livius (396 und 216 v. Chr.), die Catacombe des Epiphanes (196 v. Chr.), die *Ara Albani* (62 v. Chr.), die Puteolische *Ara* (39 v. Chr.),der Tempel Cäsarion's (45 v.Chr.), der Capitolinische Puteal (8 v. Chr.), die Wand in Pompeji (22 v. Chr.), der Puteolische Sarcophag (26 v. Chr.), der Vaticanische Thierkreis (1 v. Chr.), die Gabinische *Ara* (9 n. Chr.), die Capitolinische *Ara* (13 n. Chr.), der Thierkreis von Dendera (37 n. Chr.), die *Ara Aldobrandini* und die Borghesische *Ara* (50 n. Chr.), die Isistafel (54 n. Chr.), der Tempel zu Daphni (75 n. Chr.), die Corinthische Ara (74 n. Chr.), die Kästner'sche Lampe (131 n. Chr.), die Volscische Vase (138 n. Chr.), der Palmyrenische Thierkreis (255 n. Chr.)

Diese astronomischen Beobachtungen in Verbindung mit anderen haben nicht blos eine gänzliche Umgestaltung der alten Gechichte und Zeitrechnung, sondern auch die ersehnten Berichtigungen der Mondtafeln herbeigeführt. Schon längst war bekannt, dass alle Mondtafeln von Ptolemäus bis Hansen herab mit den alten Finsternissen nicht übereinstimmen. Dies kam daher, dass man die babylonischen Mondfinsternisse 2 Jahre zu spät gesetzt und somit die hundertjährige Bewegung des Mondes und der Mondknoten unrichtig bestimmt hatte. Legt man dagegen die in Babylonien wirklich beobachteten ekliptischen Neumonde den constatirten Finsternissen der Griechen und Römer bis 752 v. Chr., sowie den Mondorten der älteren Planetenconstellationen zu Grunde, z. B. die vom Jahre 1722 und 3446 v. Chr.; so erhält man den richtigen Coifficienten, für die Acceleration des Mondes und der Mondknoten. Das Er-

gebniss wird durch die älteste bis jetzt bekannte Mond-
finsterniss am 20. Juli 2780 v. Chr., welche 2000 Jahre
älter ist, als die Babylonischen, und 800 Jahre älter als
die ältesten chinesischen Sonnenfinsternisse, bestätigt.

ANHANG.

I.

Es war unsere Absicht, dies Schriftchen mit einer der
letzten interessanten Vorlesungen Dr. Seyffarth's, derjenigen über den Obelisken im New Yorker Central Park
nämlich, zu schliessen: allein da wir wahrscheinlich diese
Vorlesung mit einigen anderen populär gehaltenen
Schriften Seyffarth's demnächst in einem Bande erscheinen lassen werden, so wollen wir hier nur den Schluss
derselben geben, da er einen tiefen Einblick in das kindlich gläubige Gemüth des Verewigten gewährt, und da
zugleich damit das öffentliche Auftreten des damals hochbetagten Greises seinen Abschluss fand.

„Ist es nicht eine sonderbare Fügung Gottes, dass in
der Zeit, wo der Freigeist die sogenannte aufgeklärte
Welt beherrscht, wo alle geschichtlichen Ueberlieferungen
zu Fabeln gemacht worden sind, wo die Mehrzahl nur
noch das glaubt, was sich Jeder selbst einbildet, dass gerade in unsern Tagen unerwartete Bestätigungen der
alten Wahrheiten an das Licht kommen.

Vor 70 Jahren erhielt ich auf der Schule ein damals er-
schienenes Gedicht, „Tiedge's Urania" (d. h. Himmlische
Dinge). Darin fand ich folgende Stelle:

„O! der Weisheit, die den Glauben ärmer
und doch nicht selig macht!"

Diese Worte konnte ich nicht vergessen: wohin ich ging, sie gingen mit mir herum und leuchteten wie eine Sonne über meinem Haupte, bald heller, bald dunkler auf allen meinen Wegen. Wie sieht es jetzt in der Welt aus?

Früher glaubte Jedermann, dass Gott die Welt vor etwa 7000 Jahren geschaffen habe.

Jetzt heisst es: Das ist eine Fabel! Alles, was wir sehen, ist aus sich selbst entstanden, etwa so, wie eine Hand voll Gras, ohne unser Zuthun, aus der Erde hervorwächst. Diese Selbstentstehung der Welt hat stattgefunden vor 1, oder 2, oder 10, oder 100, oder 1000 Millionen Jahren, so viel Jeder will.

Da kommen unerwartet die astronomischen Ueberlieferungen der Aegypter, der Chaldäer, der Perser, der Inder, der Griechen und Römer an das Licht, und diese bezeugen übereinstimmend und mit unumstösslicher Gewissheit, dass die Schöpfung der Welt nicht über das Jahr 5870 v. Chr. hinausgeht.

In demselben Jahre hat Gott, wie früher alle Völker der Vorzeit wussten, den ersten Menschen nach seinem Ebenbilde geschaffen.

Jetzt wird seit Darwin in hunderten von Schriften gelehrt, dass der erste Mensch vor 1, oder 2, oder 100, oder 1000 Millionen von Jahren von einem Affen geboren worden ist. Da der grosse Philosoph Darwin seiner Sache so gewiss ist, so vermuthe ich, dass er bei Geburt des ersten vernünftigen Affen Gevatter gestanden hat.

Wie sonderbar dagegen, dass nach 1800 Jahren an das Licht kommt, dass die Aegypter seit 2780 v. Chr. bis herab in die Zeit der römischen Kaiser alle 30 Jahre ein grosses, allgemeines Opferfest zur Erinnerung an die Schöpfung des Menschen gefeiert haben, das sogenannte „Fest der Schöpfung." Dieses Fest führt auf das Jahr 5870 v. Chr. zurück, welches Jahr durch die astronomischen Denkmäler der Aegypter, Chaldäer, Griechen, Römer u. A. bezeugt wird.

Früher glaubte alle Welt, dass etwa 2424 Jahre nach der Schöpfung, 3446 v. Chr. eine allgemeine Ueberschwemmung der Erde, wobei nur eine Familie von 8 Personen, die Stammeltern des jetzigen Menschengeschlechtes, erhalten worden sei.

Jetzt wird, ohne die geringste Scheu, in tausenden von Büchern gelehrt, die Sündfluth gehöre auch zu den biblischen Mährchen. Der grosse Prof. Lepsius in Berlin sagt ausdrücklich, dass die Mosaische Sündfluth „sich blos auf einen kleinen Theil der Erde beschränkt habe." Dazu setzt der noch berühmtere Prof. Bösch in Berlin noch hinzu: „es sei nunmehr Zeit, die Kinderschuhe auszuziehen," d. h. das alte Fabelbuch der Bibel ins Feuer zu werfen.

Da kommen unerwartet die heiligen Schriften der alten Aegypter an das Licht, worin es heisst, dass Gott das sündige Menschengeschlecht in der Sündfluth zermalmt habe. Da kriechen die Inschriften aus den Gräbern der Indianer in Iowa an das Licht, um uns an die Arche, die Masse der verschiedenen Thiere darin, an die Familie Noah's, den Greis mit seinem Weibe, seine 3 Söhne mit deren Weibern zu erinnern. Da sehen wir den Elephanten, der niemals in Amerika einheimisch gewesen ist.

Im ersten Buche Mosis lesen wir, dass schon 900 Jahre vor der Sündfluth ein Alphabet und ein Buch, das Buch Henoch's, vorhanden war.

Jetzt wird gelehrt, dass vor dem Jahre 1500 v. Chr. die Schrift völlig unbekannt war, dass mithin die Bücher Moses nicht von Moses geschrieben worden, sondern spätere Machwerke sind.

Jetzt ist an das Licht gekommen, dass alle Alphabete der Welt miteinander übereinstimmen, dass Noah das

Uralphabet fortgepflanzt, und dass das Noachische Alphabet eine Planetenconfiguration enthält, die sich auf
das bekannte Ende der Sündfluth am 7. Sept. 3446 v. Chr.
bezieht.

Früher glaubte alle Welt, dass es ein Urvolk und eine
Ursprache gegeben, von welcher alle Sprachen der Welt
abstammen, so sehr sie auch von einander abweichen.

Jetzt wird gelehrt, dass es wenigstens 3000 Adame
gegeben, dass jeder derselben eine eigene Sprache erfun-
den habe.

Dagegen ist an das Licht gekommen, dass die Namen
der von Noah fortgepflanzten Buchstaben Hebräische
sind und dass dasselbe, von Noah geordnete Alphabet
eine Inschrift ist, die lauter hebräische Wörter enthält:

נצ סע מן כל טי חח זחהו גד אוב שת קר

„Dies ist die Planetenconfiguration der
Erde, nachdem die Verwüstung des Was-
sers aufgehört. Auf! preiset den Namen
des Herrn." Die Sprache der alten Aegypter und die
der Curden (d. i. der Chaldäer) enthält fast lauter Worte
und Wurzeln, die von der hebräischen Ursprache abstammen. Alle Sprachen der Welt, selbst die Sprachen der
amerikanischen Indianer, enthalten hebräische Wörter.
Es ist eine grosse Thorheit zu behaupten, dass das Sanscrit der Ostindier, eine feingebildete Sprache, wie die
italienische, die Ursprache gewesen.

Früher war es allgemeine Ueberzeugung, dass die Geschichte der Aegypter mit dem Jahre begonnen habe, in
welchem das Urvolk in Chaldäa sich trennte und der
Stamm des Menes, des ersten Königs von Aegypten, im
nördlichen Aegypten sich niederliess, in den Tagen Peleg's, 2780 v. Chr.

Jetzt wird in unzähligen Büchern ohne das geringste

Bedenken den Lesern weiss gemacht, dass die Geschichte Aegyptens im Jahre 9000 v. Chr. begonnen, dass die Mährchen von der Sündfluth und Schöpfung längst aus der Kinderstube verbannt worden.

Da kommen auf einmal zwei alte Tempelwände vom Jahre 1900 und 1600 v. Chr. an das Tageslicht, die Tafeln von Karnak und von Abydos, die alle Könige Aegyptens bei Namen nennen und so sonderbare Dinge erzählen. Die eine berichtet, dass vom Anfange an 3 Königreiche in Aegypten bestanden haben, gerade so wie wir in der Bibel lesen, nämlich Oberägypten (Putros) und Unterägypten, das östliche und westliche Delta, in der Bibel Mizraim genannt. Ferner bezeugen beide Tempelwände, dass von der Zerstreuung der Völker unter Peleg bis zum Auszuge der Kinder Israel in allen drei Reichen Aegyptens nur je 32, 31, 28 Könige regiert haben, dass folglich Menes, der erste König der Aegypter, nicht vor der Zeit Peleg's, nicht vor dem Jahre 2880 v. Chr. nach Aegypten gekommen sein kann.

Das Sicherste von allem aber ist, dass die Aegypter bei Ankunft in Tanis (Koan, Zoan) den Stand der 7 Planeten beobachtet und aufgezeichnet und dasss 16 dieser Inschriften sich bis heute erhalten haben, wonach Menes am 1. Tage des Sommers am 19. Juli 2780 v. Chr., in welchem die erste Hundsternperiode von 1460 Jahren begann, in Aegypten sich niedergelassen hat, nicht 9000 v. Chr.

Wir alle haben in Hübner's Bibl. Geschichte gelernt, dass die Israeliten im Lande Gosen in Aegypten gewohnt und nach 214 Jahren durch das Rothe Meer gegangen sind. Der jüdische Geschichtschreiber Josephus bezeugt, dass die 8 Hirtenkönige, Hyksos, welche der ägyptische Geschichtschreiber Manetho erwähnt, die Israeliten gewesen sind, die in Gosen sich selbst regiert haben.

Jetzt lehrt der Philosoph Lepsius, dass die Hyksos gar
nicht die Israeliten, sondern eine assyrische Räuberbande
gewesen sind, die 500 Jahre hindurch ganz Aegypten
beherrscht haben. In einem anderen Buche lesen wir
sogar, dass die Israeliten gar nicht in Aegypten, sondern
im steinigen Arabien gewohnt, auch nicht durch's Rothe
Meer sondern durch den Meerbusen von Akaba gegangen
sind.

Da kommt nun unerwartet die Handschrift des ägyptischen Geschichtschreibers Manetho in Turin an das
Licht, worin bezeugt wird, dass die Hirtenkönige (Box-
Schos) Hirten aus Canaan waren und 204 Jahre, 1 Monat
und 23 Tage in Aegypten gewohnt haben.

Wenn Sie nun fragen, was ist der langen Rede kurzer
Sinn ? so antworte ich in einem Verse, den Sie mit nach
Hause nehmen mögen ; es ist das Beste, was ich Ihnen
mit auf den Weg geben kann, ich meine den Reim :

Das Wort sie sollen lassen stahn,
Und keinen Dank dazu han !"

II.

Ein paar Stimmen aus älterer Zeit für die Richtigkeit von Seyffarth's System.

*a) Ein Aufsatz von Prof. Dr. Heinrich Wuttke, abgedruckt
in "Europa, Chronik der gebildeten Welt," Nov. 1856.*

Während im staatlichen Leben der europäischen Völker ein den Fortbestand unserer gesammten Bildung im
höchsten Grade bedrohender Rückschritt sich vollzieht,
erweitert in stillem und wenig bemerktem Wirken gelehrte Emsigkeit allenthalben den Kreis der menschlichen Erkenntniss, löst alte Räthsel und zündet, wo

Dunkelheit herrscht, Licht an. Dieses Vorwärtsrücken geschieht nicht in einzelnen auffallenden Schritten, welche die allgemeine Aufmerksamkeit auf sich zu lenken geeignet wären, sondern in einer Reihenfolge sich gegenseitig ergänzender Untersuchungen, deren volles Verständniss einzig der in die schwebenden Streitfragen tief Eingeweihte besitzt. Sehr langsam nur dringen die errungenen Ergebnisse in den allgemeinen Unterricht ein; oftmals muss sogar, damit dieses endlich erfolge, jene Sprödigkeit, Abgeneigtheit und Feindseligkeit, die stark in den staatlichen Einflüssen wurzelt, vorher mühsam überwunden werden. Die grosse Mehrheit der Gebildeten gewinnt in der Regel von den gemachten grossen Fortschritten erst dann Kunde, wenn eine glückliche Zusammenfassung der Ergebnisse zu Stande kommen kann. Liebig's chemische Briefe, Humboldt's Kosmos waren Werke von dieser weittragenden Bedeutung.

Es ist wahrlich auch nicht leicht, Gang und Beschaffenheit solcher vorwärtsführenden Arbeiten vor einem endlichen Abschlusse der Untersuchung Denen zum klaren Verständniss zu bringen, die ihnen ferner stehen, und wenn hier ein derartiger Versuch gemacht werden soll, muss auf Nachsicht der Leser sowohl gerechnet, als um die scharfe Aufmerksamkeit einer kleinen Viertelstunde gebeten werden.

Das alte Morgenland, aus dem die Anfänge unserer Bildung kamen, ist in den beiden letzten Menschenaltern durch wichtige Nachgrabungen und inhaltschwere Funde, wie durch äusserst mühselige und ungemein scharfsinnige Erörterungen mehr und mehr unserem Blicke aufgeschlossen worden. Ninive ersteht aus vieltausendjährigem Schutte und Aegyptens beschriebene Tempel, die Räthsel so vieler Jahrhunderte, fangen an zu uns zu sprechen. Von der priesterlichen Schrift des alten Aegypten,

den Hieroglyphen, von den auf ihre Entzifferung
gerichteten Bemühungen wollen wir hier in Kürze han-
deln, in der Ueberzeugung, dass nur einer mässigen Anzahl von Lesern der Gehalt nachfolgender Mittheilungen
bekannt sein dürfte. Um vor allem von dem Umfange
der Thätigkeit einen Begriff zu geben, welche dieses
Studium gefördert hat, führen wir an, dass nach einer
flüchtigen und sicherlich sehr unvollständigen Zählung
der seit Anfang dieses Jahrhunderts erschienenen Abhandlungen und Werke, welche sich unmittelbar auf dasselbe
beziehen, deren weit über ein halbes Tausend vorhanden
sind.

Das neueste, soeben verschickte Werk ist das Bunsen's.*) Es richtet sich an einen weiteren Leserkreis
und schlägt einen Ton der Zuversichtlichkeit an, der uns
zu einem Worte der Warnung in Bezug auf dasselbe
veranlasst. Das Gewirre der altägyptischen Chronologie
und Mythologie aufzuklären, waren bisher viele Männer
von umfassender Gelehrsamkeit und mächtigem Scharf-
sinn ausser Stande. Grosse Anstrengungen wurden nur
von dürftiger Ausbeute begleitet: Muthmassungen, un-
erweisbare Annahmen blieben die Zuflucht aller Forscher. Nicht anders als diese hat es Bunsen gemacht und
auch seiner Arbeit Erfolg ist ein äusserst geringer. Der-
artige Bemühungen sind, auch wenn sie nicht glücklich
ausfallen, immerhin verdienstvoll als Versuche, durch
einen kühnen Griff in das Reich der Möglichkeiten den
Schlüssel zu treffen, mittelst dessen im widerstrebenden
Stoffe der Ueberlieferung das unserm Verständniss sich
noch Entziehende aufgeschlossen werden kann, so dass
das Gewirre entwirrt wird. Der Anspruch jedoch, womit

---

*) Bunsen, Aegyptens Stellung in der Weltgeschichte. Vierter und
fünfter Band. Gotha, Perthes. 1856.

Herr Bunsen hier auftritt, schmälert ein solchergestalt eingeschränktes Lob ausnehmend. Gewiss hat Hr. Bunsen viele wissenschaftliche Unternehmungen mächtig gefördert, selber manche schätzenswerthe Leistungen geliefert und sich besonderen Preis verdient, weil er zu dem winzigen Kreise deutscher Staatsmänner gehört, die zugleich gelehrt sind und auf wahrhaft würdige Weise das deutsche Volk im Auslande vertreten : aber was Rühmliches von dem Mann gilt, dehnt sich nicht aus auf d i e s e eine in dem angezeigten Buche verkörperte That. Erhebt Bunsen das Wort der Rüge, dass ausser dem einzigen Duncker von den Lehrern der alten Geschichte an den deutschen Universitäten die ägyptische Geschichte gänzlich vernachlässigt werde, so möchten wir wohl billig zweifeln, ob dem in London Weilenden Kenntniss zugekommen, was auf unseren Kathedern gelehrt wird. Hüteten Geschichtslehrer sich in ihren Vortrag beglaubigter Geschichte aufzunehmen, was Bunsen in drei früheren Bänden lehrte, so handelten sie wahrlich vorsichtig und klug ; der ihm nachfolgende Duncker aber bekundete auch damit seine kritische Schwäche. Dass Hr. Bunsen viele Werke benutzt hat, die Wenigen zugänglich sind, dass er manches minder Bekannte vorbringt und klar in annehmlicher und einnehmender Weise darstellt — wie darf dies den gewissenhaften Geschichtsforscher darüber verblenden, dass er nur einen willkürlichen und deshalb unhaltbaren Aufbau vor sich hat, dass Bunsen's Aufstellungen (um in Ausdrücken zu sprechen, die Bunsen von anderen Gelehrten braucht) „Träume und Vorspiegelungen" sind ?

Hinausrückend bis 9500 Jahre vor der christlichen Zeitrechnung die Anfänge ägyptischer Bildung, macht er sich ein System zurecht mittelst einer Reihe stark zu bezweifelnder Annahmen. Indem er versichert, dass das

Ungefüge und Unzutreffende in der Ueberlieferung „ein Missverständniss" oder „falscher Zusatz späterer Gelehrsamkeit" sei, und demzufolge bald hier, bald dort eine „verschobene Zahl" ändert, eine „leichte Textverbesserung" vornimmt, durch Rütteln an den Buchstaben die Wörter umdeutet (aus „Faïkkrui" macht er, um ein Beispiel zu geben, Hakka, welches St. Jean d'Acre bezeichnen soll), indem er hier zu- oder abthut, bringt er allerdings wechselseitige Bestätigungen für seine „chronologische Herstellung" glücklich heraus und es stimmt ihm schliesslich alles vortrefflich — zum Verwundern. Wer merkt jedoch nicht, w i e es dabei zuging? Sein „unangreifbarer Standpunkt," seine „gesicherten Ergebnisse, die eine Neugestaltung der Weltgeschichte fordern und möglich machen," sind im Grunde nichts anderes, als seine „eignen Erfindungen und Erdichtungen." Von ihm selber gilt, was er von Strauss, Bauer und Hengstenberg urtheilt, dass sie „leichtfertig umspringen," und seiner Sprache gegenüber geräth man in Versuchung sein Buch mit dem Worte zu stempeln, mit dem er des verdienten Bohlen Bemühungen abthut : „leichtsinnige Erdichtungstheorie."

Oder soll man gar, wie er von Anderen, von „frevelhaftem Leichtsinn" sprechen? Ihn, wie er den Professor Meyer, „doppelter Züchtigung werth" halten? Seine Arbeit „bedauernswerthen Unsinn, welcher Deutschland Schande macht," nennen? Bewahre! Wenn auch „Aegyptens Stellung in der Weltgeschichte" nichts weiter ist als ein verunglückter, nur mit äusserster Vorsicht zu benutzender Versuch, so ist er doch eine Studie auf einem äusserst schwierigen Gebiet. Doch eins muss noch gesagt werden. Wenn er rühmt, dass durch seine „Outlines" „die aufgerichtete Scheidewand zwischen den semitischen und den iranischen Sprachen für immer gefal-

len sei," so erfahren seine Leser nicht, dass er blos in
den Wegen des Dr. Fürst in Leipzig fortwandelt. Seit
zwanzig Jahren hat dieser berühmte Gelehrte sammt
seinem Schüler Professor Delitzsch die Verwandtschaft
des Hebräischen mit dem Indischen durchgeführt. Füglich sollte Bunsen, da er ja behauptet „alles" Einschlagende gelesen zu haben, dies wissen, und wahrlich weiss
er es auch, denn seit Jahren besitzt er selber Fürst's
Schriften ; er sagt es nur nicht, und wir tragen es deshalb
nach. Warnen wir demnach vor dem Zutrauen zu Bunsen's Werke, welches sicherlich von einer sachunkundigen
Presse ausposaunt werden wird, so wollen wir dagegen
zur Entschädigung auf ein neues von den Zeitungen
unbeachtet gebliebenes Buch hinweisen, welches auf
dritthalbhundert Seiten in klarer, besonnener und ver-
lässlicher Weise das Hauptsächlichste über das ägyptische Alterthum mittheilt. Es ist dies Uhlemann's
Thoth.*)

Napoleon's Feldzug nach Aegypten hat unvergängli-
chen Glanz, weil er Aegypten unserem Verständniss
näher brachte. Ausgezogen war mit dem Kriegsheere
eine Gelehrtenschaar, die, während jenes kämpfte, das
Land und seine Alterthümer genau beschrieb. Ein Fund
krönte das Unternehmen. Beim Schanzen vor Reschid
wurde im August 1799 vom Artillerieofficier Bouchard
eine längliche Platte von schwarzem Granit bemerkt,
welche dreifach beschrieben war : mit Hieroglyphen, mit
der späteren ägyptischen Landesschrift (der sogenannten
demotischen) und griechisch. Da die Annahme auf der
Hand lag, dass alle drei Schriftstücke das nämliche hatten
aussagen sollen oder dass das eine die Uebersetzung des

---

*) Thoth oder die Wissenschaften der alten Aegypter nach classischen und
ägyptischen Quellen bearbeitet von Dr. Uhlemann, Göttingen, Vandenhoeck
und Ruprecht. 1855.

Andern sei, und da der griechische Wortlaut ja verständlich war, so besass man von dieser Stunde an einen sicheren Anhalt für die Erforschung des bisher völlig unverständlichen Aegyptisch. Unglücklicherweise war der Stein oben und unten beschädigt ; es fehlte der Anfang des Hieroglyphischen und der Schluss des griechischen Textes, mithin schwebte man in Unsicherheit über die Stellen des beiderseitigen Zusammentreffens, nur die in der Mitte stehende demotische Schrift war vollständig; sie liess sich durch Vergleichung ihres Anfangs mit dem Anfange des griechischen Wortlautes verhältnissmässig leicht entziffern. Der werthvolle Stein kam in Folge der Wendung des Krieges in das Museum zu London und dort entdeckte ein britischer Arzt, der auch in der Geschichte der Naturwissenschaften seinem Namen Unsterblichkeit gesichert hat, Dr. Thomas Young von 1813 bis 1826, dass die eingerahmten Hieroglyphengruppen den im griechischen Texte vorkommenden Personennamen entsprächen und dass in ihnen demzufolge die Hieroglyphen Lautandeutungen gewähren müssten, mithin Buchstabenwerth besässen. Im übrigen freilich blieb Young bei der althergebrachten Meinung stehen, dass die hieroglyphischen Bilder Symbole oder Begriffsausdrücke seien. Nur Personennamen erachtete er als mit hieroglyphischen Buchstaben geschrieben. Doch war seine scharfsinnige Wahrnehmung, welche 1819 bekannt wurde, der Ausgangspunkt für die weiteren Forschungen.

Ohne uns mit allen Zwischenstufen aufzuhalten, betrachten wir nur die bisherigen Ergebnisse : die letzte Fassung die Champollion seiner Lehre gab und die Grundsätze, nach denen Seyffarth die Hieroglyphen liest. Wir müssen dabei bemerken, dass der Z u s a m m e n - h a n g , worin in diesem Aufsatz die Seyffarth'sche Lehre entwickelt wird, weder derjenige ist, den Seyffarth's 1825 abgeschlossene „Rudimenta hieroglyphices," noch den seine 1855 veröffentlichte „Grammatica Aegyptiaca" vorlegte, und dass er die hier versuchte Auseinandersetzung nach dieser Seite hin nicht mehr anerkennen würde : was nicht Seyffarthisch an ihr ist, betrifft jedoch blos Form und Fassung, besteht in der geschichtlich entwickelnden Betrachtung, die das Lesen der Hieroglyphen selber gar nicht beeinflusst, und es verändert die entscheidenden R e g e l n , die Seyffarth dafür aufgestellt hat, nicht im entferntesten. Sodann müssen wir uns gegen die Unterstellung sogleich verwahren, als sei etwa hier die Champollion'sche Lehre nur auf Grund von Seyffarth's Aussagen über sie gegeben : misstrauische Leser finden die Bestätigung unserer Darstellung in Champollion's „Grammaire Égyptienne," die erst nach seinem Tode in Paris auf Staatskosten herausgegeben wurde, auch als Anhang im zweiten Quartanten von Schwartze's Werk : „Das alte Aegypten" (1843) abgedruckt ist.

In den Tagen, da man die Buchstabenschrift noch nicht besass, fasste man in dem Vorhaben, die gesprochene Rede für das Auge darstellbar zu machen, die Wörter und als Lautbestandtheile des Wortes die S y l b e n k l ä n g e auf. In der Sylbe schien aber der c o n s o n a n t i s c h e Bestandtheil das eigentlich Bezeichnende und Massgebende, sei es, weil in verschiedenen Gegenden im nämlichen Worte verschiedene Vocale ausgesprochen und also gehört wurden, sei es, weil überhaupt die Vocale dem Morgenländer als wandelbar und unwesentlich erschienen. Um nun für die consonantischen Laute eine Schrift zu gewinnen, ergriffen die Aegypter aus der Reihe der sichtbaren, durch eine rasche Zeichnung leicht darstellbarer Gegenstände solche, deren Benennung diejenigen Consonanten enthielt, deren man

gerade für das zu schreibende Wort bedurfte. Wollten
sie z. B. das Klil lautende Wort „Opfer" aufschreiben, so
bedurften sie ein abzeichenbares Ding, das ausgesprochen
k-l-l hören liess — und malten etwa einen Schöpfeimer
hin, der kalil ausgesprochen wurde. Um „Zeitabschnitt"
abot zu schreiben, diente (da auf die Vocalisirung keine
Rücksicht genommen wurde), eine Palme, deren Name
bet ein b-t hergab. Die Eule „mulak" konnte melek
„König" gelesen werden. Die Bilder einer Kette (hite),
einer Hyäne (hoite), rudernder Arm (hot) gaben gleich-
mässig h-t, und man malte das eine oder das andere Bild,
wo man ein h-t zu schreiben hatte. Dieses Verfahren ist
ein äusserst einfaches, es machte Sachenbilder zu Lautzeichen. Es darf uns daher nicht verwundern, dass der
zu Schriftzeichen verwendeten Bilder (Hieroglyphen)
ausserordentlich viele sind. Champollion veranschlagte
die Zahl der Hieroglyphen auf 864, Seyffarth auf 674.
Sondert man jedoch von diesen 674 diejenigen ab, welche
nur in etwas veränderter oder abgekürzter Zeichnung das
nämliche Bild vorstellen sollen, sodann etwa 60 aus der
Zusammenziehung mehrerer Bilder zu einem entstandenen,
welche den Lautwerth eben dieser Bilder wirklich ausdrücken, und veranschlagt man etwa 20 bisher nur einmal
oder höchstens ein paar Mal vorgekommene Bilder gar
nicht, so verbleiben weniger als 500 Hieroglyphen, was
für eine auf die angegebene Weise entstandene Sylben-
schrift kein Ueberreichthum ist.

Nun wird aber keine ergiebige Auffassung fortbestehen,
ohne sich auszubilden und ohne mannichfach nach
geschichtlichen Einflüssen sich zu verändern. Einige
tausend Jahre des Schreibens mit Hieroglyphen mussten
mächtige Umgestaltungen hervorbringen. Das erste
war, dass wenn in der Regel vom Namen eines Schrift-
bildes die ersten Consonanten als sein Laut ergriffen

wurden, in diesen zwei oder drei Consonanten nicht e i n e r geschlossenen Sylbe Herstellung gegeben ward, sondern die Consonanten getrennt, unangesehen ob sie zu verschiedenen Sylben gehörten, galten ; konnte doch in der Aussprache der Mittelconsonant eines zweisylbigen Wortes zur ersten od e r zur zweiten Sylbe gezogen werden. Das andere war ein Uebergehen der syllabarischen Schrift in die alphabetarische. Rücksichtnahme auf Zweideutigkeit oder naheliegende Undeutlichkeit machte es manchmal, wie insonderheit wann Eigennamen ausgedrückt werden sollten, wünschenswerth, von den Consonanten einer Hieroglyphe blos den ersten als Schrifttheil gelten zu lassen, ja gewisse Verhältnisse führten unmittelbar darauf hin. Zur Darstellung einiger Sylben oder Consonantengruppen mangelten geeignete Bilder, es gab ferner mehrere Wörter, deren Leib nur einen einzigen Consonanten hatte, man fühlte auch mitunter das Bedürfniss, einen Vocal, namentlich wenn dieser das Wort anfing, auszudrücken (was alsdann auf die gewohnte Weise mittelst eines vocalisch anlautenden Bildes geschah) — sämmtlich Fälle, die frühzeitig dahin führten, den Hieroglyphen auch blos einen alphabetischen Werth beizulegen, d. h. nur ihren ersten Consonanten oder ihren ersten Vocal als Laut anzunehmen. Diese Wendung geschah indess nicht vermöge der Kraft eines höheren Grundsatzes, sondern zuerst aushülfsweise, in der Absicht Schwierigkeiten zu beseitigen. Schon darum bekamen die Aegypter nicht e i n begrenztes Alphabet, sondern freier Spielraum war der Willkür des Schreibers gelassen, aus der Menge der abbildbaren Gegenstände viele für einen und denselben Laut zu benutzen und unter diesen zu wählen. Nothwendig kamen nun Unterscheidungszeichen auf, d. h. Hieroglyphen, welche anmerkten, w e l c h e Auffassungsart Platz greifen solle ; ein

Berg (tho, vielfach) hinter einer Hieroglyphengruppe besagte, dass in ihr jeder Bildname mehrere Consonanten zur Schrift stelle, die Wiederholung des nämlichen Bildes besagte dasselbe ; hinter alphabetische Hieroglyphen aber wurden gewisse sehr geläufige Bilder gesetzt, auch wohl, wenn es anging, das wirkliche Abbild des gerade gemeinten Gegenstandes. Denn um z. B. ein Krokodil auszudrücken, malte der Aegypter nicht etwa ein Kroko- dil hin, sondern die Bilder für seinen Namen „suki." Geschah letzteres aber auf alphabetische Weise, so dass etwa gebrochener Flachs „seppi" blos s, ein Wachskuchen „kibe" blos k gab, dann wurde wohl um zu verhüten, dass das Ganze „sapakab" gelesen würde, als dritte (dia- kritische) Hieroglyphe das Bild des Krokodils (als s-k) hinzugefügt. Es hatte somit nur die Kraft eines Unter- scheidungszeichens.

Es ist gewiss, dass an das Hervortreten der alphabetli- chen Auffassung sich Missstände knüpfen mussten. War selbes auch fast eine nothwendige Entwickelung aus einer syllabarischen, welche die Sylbe in zwei Consonanten zerbrach, so störte es doch das bisherige System und zer- rüttete es, ohne ihm den Todesstoss zu geben und sich allein an seine Stelle zu setzen. Um vieles schleppender wurde die Schrift durch die nothwendigen Unter- scheidungszeichen. Und nun brachte gar das Schwan- ken in der Vocalisirung die Gefahr der Verwirrung. Das "asch" genannte Palmblatt konnte z. B. nun alphabetisch sowohl den einen Laut sch als a ausdrücken. Lebendige Sprachkenntniss wird indess im Zusammenhange der Schrift über die möglichen Missverständnisse hinwegge- führt haben. Weit bedenklicher wurde ein anderer Umstand. Von Menfis und Tep verbreitete sich die Schrift über ganz Aegypten. In dem weiten Lande be- standen gewiss und kamen auch allgemach auf mancherlei Abweichungen im Wörterschatze, mundartliche Verschiedenheiten. Ihr Nebeneinandertreten in der Sprache gab synonyme Ausdrücke für diesen und jenen Gegenstand, also auch für sein Bild. Es ist geradehin unglaublich, dass die ägyptische Sprache im Zeitraum von mehreren tausend Jahren nicht manche Veränderungen, Schwankungen und Neubildungen durchgemacht haben sollte, dass alle Gegenstände immerfort dieselbe Benennung behauptet, nicht der eine und andere neue Namen angenommen hätten. Wenn aber, wie der Natur der Sache nach nicht wird bestritten werden können, in verschiedenen Gegenden und verschiedenen Zeiten solche Neuerungen eintraten, so erwuchs hieraus für die Hieroglyphik der schwere Nachtheil, dass, indem die gleichen hergebrachten Bilder überliefert wurden, manche nunmehr verschiedenartige Aussprache bekamen, ein solches mithin je nach dem Namen, mit dem man gerade das Bild benannte, auch verschiedene Consonanten enthielt und angab. Der Arm hiess sowohl „amah" als „kos," gab a wie k an! Das Stierbild konnte ausgesprochen werden „kaluki," „elef," „tauro" und folglich gelten für k oder tr, die Gans heisst „opt" und „sansh," was pt und s anschlagen konnte etc.

Diese Verwirrung nahm zu. Die spätesten Hieroglyphen, die des römischen Zeitalters, leiden am meisten an ihr. Auch haben die alten Aegypter bereits den Nachtheil empfunden, welchen solche doppelte Aussprechbarkeit verursacht, denn man gewahrt bereits ein Bestreben, durch einen weiteren Unterscheidungsbeisatz der möglichen Verirrung vorzubeugen. Eine neue Hieroglyphe, deren Zweck nur war, auf die an dieser Stelle zu bevorzugende Aussprache hinzuweisen, vervollständigte die Wortgruppe ; sie beseitigte den Zweifel, w e l c h e Bezeichnung von den vorhandenen für dieses Bild hier gemeint sei. Zur Taube, welche „bal" und „kor" genannt werden konnte, wurde z. B. ein Mund „kro" hinzugefügt, damit der Lesende wisse, dass hier die Benennung „kor," also kr oder k zu lesen sei. In solchem Falle drückten demnach zwei Hieroglyphen nur einen einzigen Buchstaben aus: der eine von beiden freilich nur als ein auf die andere bezogenes Lesezeichen. Die Aegypter kamen also auf ein ähnliches Hülfsmittel wie dasjenige war, dessen die Chinesen für den umgekehrten Fall: „unter vielen möglichen Bedeutungen des nämlichen Wortlautes eine bestimmte herauszuwählen," sich bedienten. Nichts zu übergehen, sei noch angemerkt, dass der Einfluss der doppelten Aussprechbarkeit desselben Bildes bisweilen, wenn auch selten, so weit sich erstreckte, dass Vertauschungen der Werthe trotz des beigefügten Unterscheidungszeichens vorkommen. — Dies ist der Kern der Regeln, nach denen S e y f f a r t h die Hieroglyphen entziffert.

Bei einigem Nachsinnen erkennt man sogleich, dass ein Schriftsystem wie das auseinandergesetzte, ebensowohl das seiner sich bedienende Volk befähigte, das bewegliche Wort seiner Rede zum vollständigen Abdruck zu bringen, als den Lesenden in den Stand setzte, mit wissenschaftlicher Sicherheit Sinn und Bedeutung eines jeden Schriftgliedes zu bestimmen. Aber man begreift auch, wie ein solches Schriftsystem nicht nur ausserordentlich schwerfällig war, sondern auch in immer ärgere Verworrenheit hineingerathen musste. Sein völliger Untergang erklärt sich daraus.

C h a m p o l l i o n ging davon aus, dass die Hieroglyphik ursprünglich Ideen- oder reine Bilderschrift sei, dass ihr jedoch ein alphabetarischer Bestandtheil beigemengt sei, der Art, dass „phonetische" Hieroglyphen den Laut bezeichnen, den man zuerst anschlägt, indem man ihren

Namen ausspricht. Die anderen Hieroglyphen sind „figurativer" Natur, symbolisch oder tropisch zu verstehen. Champollion unterschied demzufolge in der ägyptischen Schrift folgende Bestandtheile: E r s t l i c h wirkliche Abbilder sichtlicher Dinge, die dasjenige ausdrücken, was ihre Zeichnung darstellt, das Löwenbild also den Löwen. Z w e i t e n s Sinnbilder für Abstractes: erhobene Arme bedeuten das Opfer, der bewaffnete Arm den Krieg, das Weihrauchgefäss die Anbetung, die Elle die Gerechtigkeit, der Basilisk die Gewalt über Leben und Tod, der Geier weibliche Natur und Mutterschaft, der Flug des Sperbers den Wind, fortschreitende Beine das Fortschreiten einer Handlung, Schreibgeräth das Schreiben etc. Die neueste Probe dieser Behandlung im Geschmacke Horapollon's sei aus Bunsen's Buch entnommen : „Das Zeichen für 1000 ist die Wasserpflanze, der Wasserlotus, das liebliche Sinnbild der Fülle. Die Million wird bezeichnet durch den Frosch als Thier, welches bei der Ueberschwemmung in zahlreicher Menge zum Vorschein kommt. Endlich die Trillion hat zu ihrem Bilde das Zeichen der Gottheit „Ma," d. h. Wahrheit als Sinnbild unwandelbarer Dauer." D r i t t e n s Lautbilder oder Buchstaben, den Anlaut des Namens ausdrückend, den das Bild führt. Jede „phonetische" Hieroglyphe ist „akrophonisch," d. h. die Währung eines blossen Vocals oder eines blossen Consonanten, sie ist förmlich der Buchstabe eines Alphabets. Diese Buchstaben sind nach Bunsen: a, i, u, b, f, h, k, m, n, p, r, s, sch, t, ch, V i e r t e n s endlich sind noch einige Hieroglyphen blosse Unterscheidungszeichen.

Das ägyptische Schriftsystem besteht mithin nach Champollion aus einem Gemische von verschiedenen Gattungen von Zeichen, die nebeneinander auftreten. Was alphabetisch unlesbar ist, gibt symbolisch oder mit

seinem Bilde ein Wort. Oft wird ein Wort erst alphabe-
tarisch, dann symbolisch hintereinander gesetzt. Bunsen
beschreibt daher die ägyptische Schrift folgendermassen :
„Die meisten Sachen sagen die Aegypter d o p p e l t,
b i l d l i c h u n d d u r c h L a u t z e i c h e n, und diese
Lautzeichen sind selbst wieder Bilder, neben welchen oft
noch Deutzeichen den S i n n des Wortes unmissver-
ständlich beurkunden.‟
Die Hauptpunkte des Auseinandergehens der Systeme
Champollion's und Seyffarth's sind demnach : dass
Champollion eine in Sachen sprechende und sinnbildliche
Bedeutung vieler Hieroglyphen behauptet, Seyffarth hin-
gegen solche g ä n z l i c h verwirft, dass Seyffarth sehr
vielen Hieroglyphen den Werth von zwei, selbst von drei
und vier Consonanten beimisst, wohingegen Champollion
die zwiefache Lautlichkeit oder den syllabarischen Charakter verwirft ; er sagt von den phonetischen Hieroglyphen : *chaque signe équivalait à une simple voyelle ou à
une simple consonne.* Eine untergeordnete, auf das
Mehr und Minder bezügliche Verschiedenheit ist die
weitere Ausdehnung der Vocalisation in der ägyptischen
Schrift, die Champollion annimmt, und dann die sehr
häufig eintretende Anwendung von Hieroglyphen im
Sinne blosser Lesezeichen (diakritische oder Unter-
scheidungshieroglyphen), die nach Seyffarth stattfindet.
Für die Umsetzung in Buchstaben legt Seyffarth ein vollständiges, die Champollion'sche Schule ein beschränktes
Alphabet zu Grunde. Scharf tritt der Gegensatz Beider
hervor, indem Champollion dem Seyffarth entgegensetzt:
Weder kann eine Hieroglyphe eine doppelte Bedeutung
in sich haben, noch dürfen zwei Hieroglyphen zusammen
für einen einzigen einfachen Laut genommen werden.
So sind die entgegenstehenden Lehren. Wer Hieroglyphen symbolisch deutet und anderen ausschliesslich

alphabetischen Werth beilegt, ist, indem er dies thut, Champollianer ; wer Hieroglyphen mehrconsonantig oder syllabarisch deutet, wer keine Bilderschrift erblickt, thut das als Seyffarth's Schüler. Denn wie Young 1819 die alphabetarische Währung gewisser Hieroglyphen zuerst verkündete, so hat Seyffarth 1826 zuerst, ohne jenes zu leugnen, ihren Inhalt auch als den mehrerer consonantischen Buchstaben bezeichnet (*suo ambitu integram litteram hieratteam pluresve describunt*, sagt er.)* Ueber dieses Sachverhältniss kann Niemand sich hinwegsetzen. Ob Jemand laut zu Champollion's Anhang sich bekenne und auf Seyffarth schelte — wofern er der Hieroglyphe den Werth mehrerer Consonanten beimisst, so wandelt er auf der von Seyffarth gebahnten Strasse und lügt mit seinem Munde. Die Bücher sind vorhanden. Sie sprechen und zeugen. Sie sind Urkunden und haben mächtigere Wirkung und länger andauernde Kraft, als eines Gelehrtenverbandes hohes Ansehn und tönendes Geschrei besitzen kann, das nur eine Weile den Sinn zu blenden und die Ohren zu füllen vermag. Zuletzt kommt immer die Wahrheit an das Licht der Sonne.

Wenn Seyffarth's System, wenn das Ganze seiner Leseregeln in derjenigen Verbindung, worin wir sie hier vorzuführen uns erlaubt haben, begreifen lässt, wie ein Volk, welches unser einfaches Alphabet noch nicht kannte, auf den angegebenen Wegen seine Rede vollständig und genau zum schriftlichen Ausdruck bringen mochte und wie aus diesem Systeme heraus die Schwierigkeiten mehr und mehr heranwachsen mussten, die endlich zu gänzlichem Verlassen eines so schwerfälligen Mittels hinführten, so würde die ägyptische Schrift, wofern

---

*) Man vergleiche übrigens "Suum cuique" in der Zeitschrift der deutschen morgenländischen Gesellschaft von 1852. VI. Band, 2. Heft, Seite 300 f.

Champollion's Erklärung derselben statthaben soll, die Verbindung z w e i e r im G r u n d e verschiedener Systeme, einer Symbolik und eines reinen Alphabetes, sein. Bei dieser letzten Annahme bliebe es jedoch auf der einen Seite unerklärlich, wie die Aegypter dazu gekommen sein sollen, für nicht mehr als 15 einfache Buchstaben eine solche verwirrende Fülle von Zeichen aufzubringen, und auf der anderen Seite würde es klar sein, dass eine symbolisirende Ausdrucksweise entweder, falls jedes symbolische Bild nur eine oder nur ein paar festbestimmte Bedeutungen trägt, lediglich innerhalb eines ganz ausnehmend beschränkten, äusserst engen Kreises von Vorstelluugen sich bewegen durfte, oder aber, falls solche Bestimmtheit nicht vorhanden war, der allerärgsten Willkür im Schreiben und Deuten Thür und Thor geöffnet hielt. Ist es nicht von vornherein eine grosse Unwahrscheinlichkeit, dass ein verständiges, sinnreiches Volk, wie die alten Aegypter unzweifelhaft waren, in einem und dem nämlichen Texte dieselben Gedanken bald durch abbildende Figuren, bald durch symbolische Bilder, bald durch Buchstabenzeichen niedergeschrieben haben sollte? Man kann, wie die Aegypter auch gethan, wie in Handschriften des Mittelalters geschah und wie in unseren „illustrirten" Ausgaben noch täglich geschieht, eigentliche Gemälde mit Schrift umgeben, aber etwas völlig Anderes ist es und nicht füglich statthaft : Bildschrift, symbolische Schrift und Lautschrift im Gemisch durcheinander zu verwenden. Beschaut man nun die erhaltenen Schriftstücke, so gewahrt man sogleich wirklich eine durchgreifende Verschiedenheit dieser ägyptischen Hieroglyphen von der amerikanischen Bilderschrift. Die mexicanischen Schriftgemälde zeigen nämlich eine Menge sichtlich unter einander verknüpfter, in einer sinnlich greifbaren Ver-

bindung stehender Bilder, deren Gesammtheit eine
bestimmte Vorstellung in jedem Betrachter erweckt:
man blicke z. B. auf das von Alexander v. Humboldt
bekannt gemachte Schriftgemälde, betreffend den Rechts-
handel um ein Grundstück u. a., und frage sich, ob nicht
darin Bilder und Sinnbilder vermöge ihrer Gruppirung
sprechen ; aber in kahlen Reihen stehen die ägyptischen
Hieroglyphen, einzeln, anscheinend bezuglos neben
einander. Schon in den durch den Oesterreicher Düpaix
zu unserer Kenntniss gebrachten Hieroglyphen von
Palenke wird man in den die Gemälde*) umgebenden
Figuren von anderer Beschaffenheit entweder Wörter
oder Laute herauserkennen müssen. Seyffarth's
genialer Gedanke, auf dem schon seine am 13. Juli
1825 unterzeichneten „Rudimenta" fussten, war die gänzliche Losmachung von der hergebrachten Ansicht, in
Hieroglyphen Symbole zu sehen.

Bewähren müssen sich indess die Systeme oder schei-
tern in der Anwendung. Die Frage ist : mit welchem
Systeme gelangt man zu verständigen Uebersetzungen ?
Nun braucht nicht wiederholt zu werden, dass bei dem
Symbolisiren die Phantasie freien Spielraum hat, derar-
tige Auslegungen können nicht massgebend sein, Proben
von wissenschaftlichem Werth sind nur die Deutungen,
welche mit Umsetzung der Hieroglyphen in Buchstaben
erreicht werden. Hierbei hat es aber Champollion nicht
über die Lesung von Eigennamen und vereinzelten Wörtern von ganz kurzen Zeilen gebracht. Lepsius liess auf
Staatskosten das ägyptische sogenannte „Todtenbuch"

---

*) Diese Gemälde sind, nebenher bemerkt, die nämlichen, die kürzlich in
Deutschland in einer phantastischen Ausführung ausgestellt wurden, behufs
Empfehlung jener Kretinen, welche man unwahr als Azteken einem leicht-
gläubigen Publicum vorführte.

1842 stechen, ohne auch nur ein einziges Stück davon ausser der Ueberschrift übersetzt beizugeben! In einem der ersten Bände von Bunsen's „Aegyptens Stellung in der Weltgeschichte" erinnern wir uns, die ausdrückliche Erklärung Bunsen's gelesen zu haben, dass kein Mensch im Stande sei, irgend einen Abschnitt dieses Todtenbuches ganz zu lesen. Seyffarth vertheilte dagegen 1845 eine auf seine Kosten lithographirte Zusammenstellung von 626 erklärten Hieroglyphen und fügte die Uebersetzung einiger Abschnitte aus diesem Todtenbuche bei. Damit war von ihm der thatsächliche Beweis der Richtigkeit seines Systems angetreten. Er hat seitdem noch mehreres aus der ägyptischen Hieroglyphik übersetzt und sechszehn übersetzte Stücke gesammelt (Michaeli 1855), in Gotha bei Perthes herausgegeben unter dem Titel: „Theologische Schriften der alten Aegypter, nach dem Turiner Papyrus zum erstenmal übersetzt." Erst nach der Veröffentlichung von Seyffarth's „Hieroglyphenalphabet" gelangten mit Hülfe einer theilweisen Benutzung desselben auch Champollionianer zu längeren Uebersetzungen. Vicomte de Rougé, Vorsteher der grossen ägyptischen Sammlung in Paris, hat, wie Bunsen rühmt, „das grosse Problem gelöst, einen zusammenhängenden erzählenden Text zu übersetzen" — einen „historischen Roman aus der Urzeit Aegyptens"(!?), allein Rougé übersetzte erst 1851, sieben Jahre nach Seyffarth's Vorgange, und indem er viele Syllabarhieroglyphen aus obgedachtem „Hieroglyphenalphabete" (so namentlich die Nummern 30, 115, 165, 199, 247, 309, 319, . 347, 405, 482, 493, 509, 547, 554, 580) stillschweigend entlehnte, übrigens so, dass nach Seyffarth's Urtheil von je drei übersetzten Wörtern zwei verfehlt waren. Die Champollion'sche Schule sah sich ferner dahin geführt,

einzelne syllabarische Hieroglyphen anzunehmen, Lepsius
(1837) und de Rougé u. A. erklärten solche als abgekürzte
Schrift, indem nach dem Ausfall mehrerer Hieroglyphen
deren Lautwerth sich der voranstehenden Hieroglyphe
verbunden habe — d. h.: sie wurde auf den Boden der
Seyffarthischen gedrängt!

Der Streit ist indess entschieden. Die
Uebersetzungen Seyffarth's, die nun gesammelt vorliegen, die unabhängig von Seyffarth's persönlicher Einwirkung nach seinen Grundsätzen von seinem Schüler
Uhlemann gleichfalls zu Stande gebrachten Uebersetzungen aus dem Todtenbuche sind die durchschlagenden
Beweise. Das Schmähen auf Seyffarth wird nur die
eigenen Namen der Lästerer schänden und die Geschichte der Literatur wird Seyffarth als
den Mann nennen, der zuerst die hieroglyphischen Schriften der alten Aegypter zu
lesen verstand und sie zu übersetzen Anderen lehrte.

Wie aber ist es zugegangen, dass Seyffarth ein kaum
genannter, ungeachteter, zuweilen verspotteter Mann
blieb, während Ruhmesglanz den Namen Champollion
umstrahlt? Wie, dass fast ausnahmslos alle Aegyptolo-
gen sich zu Champollion bekennen? Unsere Auseinandersetzung würde unglaublich klingen, wenn wir hierauf
nicht die Antwort geben.

Champollion begann seine Entzifferungsversuche, von
denen er schon 1821 Kunde gab, als Young's Entdeckung
doch erst von Wenigen bemerkt war, eine geraume Zeit
vor Seyffarth: er trat in Paris auf und hatte das Glück,
dort Aufsehen zu machen und die Erwartung zu erregen,
er werde auf seinem Wege zur ersehnten Lesung der
Hieroglyphen gelangen. Freudig begrüsste man die
ersten vielverheissenden Schritte und Unternehmungen

Champollion's. Von Paris erschollen die Posaunenstösse über Europa. In Deutschland wurde Heeren, hocherfreut über die unerwartete Aussicht auf die Entzifferung so wichtiger Geschichtsquellen, sein Verkündiger, und einem Heeren sprachen ausnahmslos alle Lehrer der alten Geschichte nach. Als Seyffarth auftrat. war Champollion bereits die anerkannte Autorität in diesem Fache und Champollion zögerte nicht, 1826 in seiner *Lettre à Mr. le duc de Blacas d'Aulps, pair de France*, ein vollständiges Verdammungsurtheil über das neue System, welches das seinige verdrängen wollte, abzugeben. Getragen von der Gunst der Meinung, unterstützt von allen Mitteln, verstand er nicht nur sich geltend zu machen, sondern besass auch eine hohe Gewandtheit und das gerade, was Seyffarth ˙abging, die Schärfe und Klarheit des Darstellens. Seine Schriften blenden. Man kann aus ihnen leicht lernen, und sie sind auf alle Fälle in vielen Stücken sehr unterrichtend. Ohne ein eigentliches Schriftstück, ohne einen längeren Satz aus Hieroglyphen übersetzt zu haben, nur einzelne, aus ihrem Zusammenhang herausgerissene Gruppen deutend, machte der sichere Mann sich an die Entwerfung einer ägyptischen Grammatik und eines ägyptischen Wörterbuches, als derjenigen Grundwerke, die jeder Lernende vor Allem zuerst bedarf. Er folgte dabei ganz dem Koptischen. Nach Champollion's Ableben wurden beide Arbeiten nach Befehl Guizot's auf Staatskosten 1836 bis 1844 gedruckt. Anhänger Champollion's waren die Männer, denen jetzt ü b e r a l l in Europa die Vorsteherschaft der ägyptischen Sammlungen übertragen wurde : kaum anders stand es zu erwarten. Wohl sämmtliche Museumsvorstände sind in diesem Augenblicke Champollionianer. Dieser Umstand war von grosser Wichtigkeit. Die Betrachtung ägyptischer Alterthümer ist es ja vornehmlich, die zum

Studium der Hieroglyphik hinführt. Wer die Alterthümer zu hieroglyphischer Forschung studiren will,
muss fort und fort die Museen benutzen : die erste und
die nächste Berührung fand also Seitens der Wenigen,
die auf die Hieroglyphik näher einzugehen strebten,
allenthalben mit einem erklärten Anhänger Champollion's statt. Bei den ersten Schritten war dem Lernenden
schon eine bestimmte Richtung gegeben. Ein Beispiel
des Gegentheils hat sich gleichwohl zugetragen. Uhlemann hörte in Berlin die Vorlesungen des Vorstehers
des Berliner Museums, Professor Lepsius, und überzeugte
sich von der Unsicherheit seiner Grundsätze : einige
Recensionen aus Seyffarth's Feder fallen ihm in die
Hände und machen ihn auf Seyffarth aufmerksam. Er
eilt zu diesem, wird sein Schüler. Die üblen Folgen
blieben für ihn nicht aus. Während in Berlin der zur
Fahne schwörende Brugsch gefördert wurde, bemühte
sich Uhlemann vergebens um die Erlaubniss zu Vorlesungen. Einem Anhänger Seyffarth's sind die Berliner Ka-
theder gesperrt. Uhlemann hat von Glück zu sagen,
dass Göttingen ihn aufnahm, wo er kein Museum zu
seinen Studien benutzen kann. Der Universität Göttingen
ist indess zur Gewinnung eines so tüchtigen Forschers
wie Dr. Uhlemann, nur Glück zu wünschen. Von den
im Besitz aller Forschungsmittel befindlichen Gelehrten
war seit langem Seyffarth in Verruf gebracht.

Nun bot Seyffarth Blössen, die dem Eindringen seines
Systems im Wege stehen. Wie sehr sind Bücher benach-
theiligt, denen lichtvolle Klarheit abgeht ! Nicht wie
für einen unkundigen, dem stückweise und in einer gewissen Stufenfolge die Einsicht in eine schwierige und
verwickelte Sache erst beigebracht werden soll, sondern
wie man vor einem in ihr Verständniss schon gänzlich
Eingeweihten und sie leicht und recht Begreifenden redet,

so ungefähr setzt Seyffarth oftmals auseinander, und auch
nicht immer mit streng abgemessener Schärfe des Aus-
drucks. Selbst in seiner weit bündiger als frühere
Schriften abgefassten ägyptischen Grammatik, seinem
letzten Werke, stösst Schreiber auf verwirrende Dunkel-
heiten. In welchem Masse nun aber gerade auf einem so
umnachteten Boden diese schriftstellernde Schwäche
nachtheilig einwirken musste, liegt auf flacher Hand.
Wenige haben die Geduld, sich durch wiederholtes Lesen
einzuarbeiten. Seyffarth's Widersacher können darauf
rechnen, dass selten Jemand in Seyffarth's Schriften nach-
sehen, selten Jemand die Mühe sich nicht wird verdriessen
lassen, tiefer in dieselben einzudringen. Ein anderes gab
ihnen ausserdem sofort die gefährliche Waffe der Lächer-
lichkeit in die Hand.

Gustav Seyffarth ist Theologe und zwar gläubiger
Theologe. Er war Nachmittagsprediger an der Pauliner-
kirche in Leipzig, als er sich am 15. März 1823 mit einer
berühmt gewordenen Abhandlung über die Aussprache
des Griechischen an der dortigen Universität habilitirte.
Fest durchdrungen von der Wahrheit der biblischen
Offenbarung, fühlt er das Herzensbedürfniss, für diese
Zeugniss abzulegen. Er würde fürchten, seinen Glauben
zu verleugnen, wenn er eine Gelegenheit vorbeigehen
liesse, wo er etwas zur Unterstützung und Bewahrheitung
der biblischen Geschichte anbringen könnte, und keine
weltliche Rücksicht vermöchte da, ihn zum blossen
Schweigen zu bringen. Natürlich abgesagter Feind des
Rationalismus, will er auch nichts wissen von der durch
Niebuhr begründeten Behandlungsweise der alten Geschichte. Ihm gilt noch vieles Mythische als wahre
Geschichte, und so arbeitete er denn in der alten Geschichte zuweilen so, wie man es im vorigen Jahrhundert
that. Was aber, fragt vielleicht ein Leser verwundert,

kann dies mit dem Hieroglyphenschlüssel zu schaffen haben ? Doch sehr viel. Chaldäisch-Hebräisch ist nämlich in seinen Augen die Ursprache und Noah der Erfinder des Alphabets am Schlusse der Sündfluth ; dies noachidische Alphabet von 25 Buchstaben liegt nach seiner Erklärung der Hieroglyphenschrift zu Grunde. In Folge dieses Ausgangs, den er mit Nachdruck immer wieder betont, verschob sich ihm nun Alles. Die Fülle der Hieroglyphenzeichen entsprang zufolge seiner Lehre aus dem Streben nach einer wohlgefälligen und kürzern (!) Formung der Buchstabenzeichen ; die syllabarischen Hieroglyphen können hiernach nicht die ursprünglichen, die alphabetischen nicht erst das Ergebniss einer zweiten Entwickelungsstufe sein etc. Während Champollion sogleich richtig gewahrte und Seyffarth selbst auch dies später erkannte, dass aus der Hieroglyphik sich die hieratische, aus dieser die demotische Schrift entwickelt hat, drehte Seyffarth anfänglich dieses Verhältniss um und erklärte das Hieratische für ein verziertes Demotisch und die Hieroglyphen für eine verzierte hieratische Schrift. Dergestalt, wie durch manches Andere, dessen Erörterung hier zu weit führen würde, verwirrte sich seine Entwickelung und neben, ja vor seine genialen Gedanken traten Ungereimtheiten, die er in den Vordergrund schob und die daher auch dem Leser zuerst in die Augen sprangen. Doch wer verständig sondert, findet, dass seine Lieblingsvorurtheile nichts mit den von ihm gefundenen Lesevorschriften gemein haben : wo er ihnen etwa früher Einfluss auf letztere gestattete, da hat er im Verfolg seines Forschens sich selbst berichtigt, weil sein Arbeiten durchweg ein redliches war. Eines Punktes muss noch gedacht werden, der seiner Lehre ganz besonders im Wege stand und um derenwillen Champollion sein System *Labyrinthe inextricable* nannte : die Regel, dass manche

Hieroglyphen zugleich verschiedene Laute bedeuten. Aber sie war keine Frucht vorgefasster Meinungen, sondern die Folge nicht wegzuleugnender That- sachen, zu deren Auflösung und Erklärung Seyffarth sich auf mannichfache Weise bemühte. Vielleicht ver- einfacht sich diese auffällige Erscheinung einiger- massen, falls wir unter Beseitigung des ursprüng- lichen vollen Alphabetes aufhören, die Hieroglyphen in griechische oder koptische Buchstaben umzu- deuten und anstatt dessen annehmen, dass bei der ersten Auffassung der Laute zum Zwecke schriftlicher Bezeichnung die feineren Tonverschiedenheiten noch un- bemerkt blieben, verwandte Laute deshalb als ein glei- cher Laut ergriffen und demzufolge die Sprache mit einer weit geringeren Anzahl von Buchstaben geschrieben wurde, indess die feinere Zergliederung späterer Tage bei Anwendung des griechischen Alphabets diesen kleineren Verschiedenheiten in der uns gewohnten Weise ihr Recht widerfahren liess. B und P also würde zum Bei- spiel in einem einzigen Buchstaben begriffen gewesen sein.

Und wie ungünstig war Seyffarth's Lage gegenüber der Champollion's! Nach Aegypten konnte er nicht reisen wie Dieser, wie Lepsius, wie Brugsch u. A.; kein Staat gab ihm hierzu Mittel. Er war nicht einmal vermögend genug, sich nur alle die grossen, theuern Druckwerke über Aegypten anzuschaffen. Einmal zu jedem grossen Museum gereist zu sein, musste ihm genügen und er musste den Vorrath für seine Forschungen sich selbst mit eigener Hand copiren. Champollion konnte vornehm sagen: Seyffarth habe „*le malheur de travailler au dé- chiffrement des écritures Egyptiennes non d'après les textes originaux inscrits sur des stéles etc.*" In welchem Maasse dies sein Arbeiten erschwerte und benachtheiligte, wie leicht er dadurch zu einzelnen Irrthümern verführt wurde, bedarf keiner Auseinandersetzung. In Leipzig stand ihm keine Sammlung ägyptischer Alterthümer zur Verfügung und Leipzig war auch nicht der günstige Ort zur Begründung einer Schule von Hieroglyphenentzifferern. Doch konnte Seyffarth Anfangs noch durch Druckschriften zur ganzen gelehrten Welt sprechen und muthig schlug er sich in lateinisch, französisch, italienisch und englisch geschriebenen Abhandlungen mit Champollion und dessen Anhang herum, er allein einer ganzen Schule gegenüber. Aber nach 1840 fand er keinen Verleger mehr für seine Schriften. Denn der Druck mit Hieroglyphen ist zu kostspielig, als dass ein Buchhändler dabei gewönne. Das sächsische Cultusministerium hätte ein ganz anderes sein müssen, als es seit Menschengedenken gewesen, wenn von ihm eine nachdrückliche Förderung seines Strebens hätte ausgehen sollen. So lange er um Unterstützung für wissenschaftliche Unternehmungen anhielt, erreichte er nichts, und als er nicht mehr bat, hiess es wörtlich : *„beneficia non obtruduntur."* Entsagt hatte er allen Gewinn bringenden Arbeiten, wozu Leipzig reiche Gelegenheit bietet, um in die peinlichsten und mühseligsten Untersuchungen, in denen irren zu können schon eine Ehre ist, seine ganze Lebenskraft zu werfen, und als seine Haare ergrauten, da hatte er es nicht einmal dahin gebracht, dass er die Frucht seiner Nachtwachen bloss v e r ö f f e n t l i c h e n konnte. Höchstens vermochte er noch hin und wieder einmal in der kurzen Beurtheilung eines neu erschienenen Buches von seinen Forschungen Einiges einfliessen zu lassen ; selbst solche Aufsätze in Zeitschriften unterzubringen, machte ihm viele Mühe. Mit ausserordentlichem Fleisse arbeitete er gleichwohl an einem grossen Hieroglyphenlexicon, welches jetzt noch ungedruckt daliegt. Das kindlich reine Gemüth bewahrte er sich trotz so herber Erfahrungen bis ins Alter.

Die Festigkeit seiner Ueberzeugungen hielt ihn aufrecht.
Doch wurde er zornig, als er im letzten Jahrzehnt gewahrte, wie Gegner seine Regeln ergriffen und mit ihrer
Hülfe nun wirklich zu übersetzen anfingen, aber sich fort
und fort Schüler Champollion's nannten und von ihm
gänzlich schwiegen oder seiner wegwerfend gedachten.
Dieses Unrecht an ihm fühlte er tief. Er erhob Ein-
spruch ; es übertäubte diesen das Gegengeschrei so Vieler. Seyffarth wurde nicht bitter, blieb die *anima can-
dida*, die er stets gewesen, aber die Verhältnisse seines
bisherigen Lebens müssen ihm unerträglich geworden
sein. Körperliche Leiden stellten sich dazu ein und
machten ihm das angestrengte Arbeiten, wie er es bis dahin geübt, unmöglich. Die Aufgabe, die vor ihm lag, das
ganze „Todtenbuch" vollständig zu übersetzen, dünkte
ihm nicht übergross, er w o l l t e aber nicht mehr übersetzen. Der Tod seiner hochbetagten Mutter scheint
für ihn das Zeichen zu einem Bruche gewesen zu sein.
Am Schlusse des Jahres 1854 legte er seine „ausserordentliche" Professur der Archäologie, die ihm ein Einkommen von jährlich 500 Thalern gewährt hatte, ungeachtet
alles Einredens seiner Freunde nieder. Das königliche
Ministerium, das ihn zwar niemals befördert, aber doch
ungern entliess, warf dem greisen Forscher eine Pension
von 200 Thalern aus, die noch zur Stunde unerhoben auf
dem Universitätsrentamte liegen soll. Seine Bücher-
sammlung gab Seyffarth einem Auctionator ; sie ward
Ostern dieses Jahr in Leipzig versteigert : er nahm damit
Abschied von weiterer Forschung. Vorher entwarf er
jedoch noch eine kurze erste Anleitung zum Uebersetzen
altägyptischer Literaturwerke (*Grammatica aegyptiaca*),
sammelte auch seine bisherigen Uebersetzungen und
liess diese beiden Bücher auf eigene Kosten drucken.
Als ihr Druck beendigt war, verliess er im September

1855 Leipzig, ohne zu sagen, wohin er sich wende. Bald
darauf trug ihn ein Schiff nach Amerika. Man hat seitdem nur aus Briefen dritter Personen vernommen, dass
Seyffarth an einem lutherischen Seminare in New York
oder St. Louis Unterricht gebe.

Das ist ein Stück aus der Literatur- und Gelehrten-
geschichte des neunzehnten Jahrhunderts.

Noch eins erfordert die Vollständigkeit hinzuzufügen.
Im Vorstehenden war stets nur von der Schrift, aber gar
nicht von der Sprache der Aegypter die Rede,
und man muss doch die Sprache verstehen, wenn man die
Schrift soll lesen können. Darüber noch ein Wort. Wie
die altägyptische Sprache beschaffen war, ist gleichfalls
ein Streitpunkt. Ein deutscher Jesuit, Athanasius Kircher in Rom, hatte 1636 den glücklichen Gedanken, sie
an das Koptische anzuknüpfen, welches in Folge der
arabischen Eroberung von Aegypten zu Grunde gegangen, indess aus älteren Bibelübersetzungen und kirchlichen Schriften einigermassen bekannt war. Champollion
glaubte in diesem Koptisch, wie es uns bekannt ist, das
Altägyptische getreu wiederzuerkennen und fand in dem
Berliner Privatdocenten Schwartze einen warmen Verfechter dieser Meinung. Seyffarth schloss sich im Allgemeinen der Meinung Kircher's wohl an, meinte aber, das
Alltägliche der Hieroglyphenschrift müsse vom Neu-
ägyptischen der Kopten sich doch in vielen Stücken
erheblich unterschieden haben und es habe die alte heilige Sprache Aegyptens dem Chaldäischen näher gestanden. Er zog demnach aushülfsweise Semitisches zur Erklärung heran. Während in dieser Frage sein Schüler
Uhlemann von ihm abfiel und in der Schrift: *De veterum
Aegyptiorum lingua* (1851) sich nur an das bekannte
Koptisch hielt, fasste ein Widersacher, der sonst nichts
von ihm gelernt hatte, Herr Bunsen, seine Meinung

(natürlich ohne Seyffarth zu nennen) auf. Bunsen erklärt in seinem eben versandten Werke, dass die grössere Hälfte der ägyptischen Wörter dem Semitismus verbunden sei. „Unmöglich," sagt er (V. 113), „war es, aus dem Koptischen allein zum Verständniss des Altägyptischen zu gelangen. Die es versuchten, versuchten etwas noch Unmöglicheres, als Jemand unternehmen würde, der die Entstehung des Italienischen aus Dante oder der italienischen Bibel nachweisen wollte." Das aber gerade hatte Seyffarth vor vollen 30 Jahren gelehrt (vergleiche seine gegen Champollion 1827 gerichtete *brevis defensio p.* 14, 15, 20). Welcher Triumph kann übrigens grösser sein, als dass die erbittertsten Gegner, die sich in den schlimmsten Herabsetzungen gefallen, dennoch gerade die Ansichten aufnehmen und vertreten, die der Geschmähte vertrat! Geben sie nicht selbst in ehrlichem Bekenntniss Dem Ehre, dem die Ehre gebührt, so werden es nachträglich Andere an ihrer Stelle und auf ihre Unkosten thun; denn allemal siegt am Ende das Wahre.

---

b) Eine Kritik aus der „Deutschen Allgemeinen Zeitung"
vom 20. Mai 1843. — Seyffarth und de Brière.

So dankenswerth es ist, wenn unsere Zeitungen uns von Zeit zu Zeit Mittheilungen über die wissenschaftlichen Bestrebungen des Auslandes machen, so unerlässlich ist es zugleich, die so oft verkannten Ansprüche des Vaterlandes in allen Fällen zu wahren, wo der deutsche Gelehrte wie gewöhnlich still und unbekannt seine Strasse zieht, während der Ruhm des Ausländers von allen Zinnen verkündet wird. In mehreren deutschen und französischen Zeitschriften sind die Vorlesungen des Prof. de

Brière zu Paris, über die Vergleichung der alten Religionen, basirt auf die alten Autoren und auf die Monumente verschiedener Völker der Vorzeit, namentlich die Hieroglyphen, seine „*Ecclaircissemeuts sur les Zodiaques*" und sein „*Cours sur les Hieroglyphes Egyptiens et les Religions anciennes comparées*" rühmlichst erwähnt, und obgleich uns die angeführten Werke noch nicht zu Gesicht gekommen sind, so nimmt uns doch schon die Versicherung für den Verfasser ein, dass er wegen seiner wissenschaftlichen Unabhängigkeit vielfach angefeindet worden sei, um so mehr ist es uns aufgefallen, in dem kritischen Examen der Hauptmeinungen über die Methode der Hieroglyphenschrift, worin neben Kircher, Palin, Young, Spohn, Champollion, auch mehrere auf diesem Feld untergeordnetere Namen, wie Zoëga, Warburton, Goulianoff, Letronne, Lenormand, Rosellini, Salvolini, Jomard, Court de Gebelin, Dupuis, erwähnt werden, den Namen eines Mannes zu vermissen, welcher 15 Jahre früher als de Brière die Unhaltbarkeit von Champollion's System bis zur Evidenz erwiesen und die älteren Meinungen über den Thierkreis, namentlich die von Letronne, berichtigt hat. Es ist dies der Prof. Seyffarth, welcher bereits im Jahre 1826 ein eignes, von allen bisherigen hieroglyphischen Systemen verschiedenes aufgestellt und dasselbe bis auf wenige Nebenpunkte in einer Reihe der bedeutendsten Werke erhärtet hat. Schon einmal hat ein Franzose, Champollion, die Forschungen und Entdeckungen eines Andern auf diesem Felde, des Engländers Young, für die seinigen ausgegeben, und während Young vergessen wurde, mit seinem Ruhme die ganze Welt erfüllt und getäuscht. Damit nicht Aehnliches wieder geschehe, wollen wir hier in einer feierlichen Protestation die Grundzüge der Alphabetologie der alten Religionsgeschichte und der Hieroglyphik niederlegen, wie sie Prof. Seyffarth seit 1826 in zahlreichen Schriften entwickelt hat, von denen wir nur die „*Rudimenta hiero-glyphices*" (1826), „*Astronomia Aegyptiaca*" (1833), und „*Alphabeta genuina*" (1840), sowie die soeben erst erschienenen : „Grundsätze der Mythologie und der alten Religionsgeschichte sowie der hieroglyphischen Systeme de Sacy's, Palin's, Young's, Spohn's, Champollion's, Janelli's und des Verfassers (Leipzig, 1843) namhaft machen. Noch können wir nicht wissen, ob und inwieweit derselbe mit de Brière zusammentrifft, denn. wie gesagt, die Schriften desselben liegen uns nicht vor, und die Mittheilungen von Paris enthalten nichts, was über den positiven Gehalt seines Systems Aufschluss gäbe, auch sind wir weit davon entfernt, dem französischen Gelehrten die Benutzung des Deutschen und geflissentliche Verschwiegenheit über seinen Namen Schuld zu geben, wir wollen nur auf gut Deutsch unsere Grenzen sichern und in Zeiten dafür sorgen, dass seiner Zeit dem *suum cuique* sein Recht werden könne.

Was nun zuerst die Erfindung des Alphabets betrifft, so geht Prof. Seyffarth von den Ueberlieferungen aus, dass dasselbe längst vor der Sündfluth vorhanden gewesen sei, dass es ursprünglich nur Ein Alphabet aus 25 Buchstaben, 7 Vocalen und 18 Consonanten bestehend, gegeben habe, welche theils Körpertheile, wie das Auge, theils die den Menschen zunächst umgebenden Gegenstände, wie Scheffel, Kameel, Thür etc. bedeutet hätten. Dieses Alphabet, welches früher in einer ganz anderen. Ordnung, als wir es besitzen, gestanden haben kann, sei nun von Noah bei dem Ende der Sündfluth — nach der Bibel am 7. Sept. 3446 vor Christus — dem damaligen Stande der Planeten im Thierkreise gemäss, neu geordnet worden und liege in dieser Ordnung allen neueren Alphabeten zum Grunde, sowohl Denen, welche Buchstaben ausgeworfen, als Denen, welche die Zahl derselben durch zahlreiche Modificationen der ursprünglichen Laute beträchtlich vermehrt haben, wie denn die Zend- und Pehlvisprache sogar 36 Buchstaben enthalten. Dem Nachweise dieser Thatsache und der Vergleichung der sämmtlichen alten Alphabete ist vorzugsweise die Schrift „*Alphabeta genuina*" gewidmet, für welche mehrere Tausend ägyptischer Buchstaben, das Zend- und Pehlvi-Alphabet, das kufische und die Keilbuchstaben besonders in Stahl geschnitten worden sind. Die von ihm zuerst aufgestellte Beziehung des Alphabets auf den Thierkreis, von den deutschen Gelehrten entweder vornehm ignorirt oder pöbelhaft angegriffen, wie jede Entdeckung, die auf irgend eine Weise dazu dienen kann, die Wahrheit der Bibel zu bestätigen, hat eine um so grössere Anerkennung in England und Schweden gefunden und ist in der That so einfach, dass sie beinahe dem Ei des Columbus gleicht. Nicht nur dass in den Alten sich unzählige Ueberlieferungen finden, wonach der Erfinder des Alphabets, heisse derselbe nun Taaut, oder Xisuthros oder Kadmus, die Buchstaben bei der Fluth im Himmel verborgen und nach derselben wieder herausgenommen·· hat; nicht nur die deutliche Beziehung des Bildes der Schlange oder des Drachen, aus dessen Zähnen die Buchstaben entstanden sein sollen, auf den Thierkreis: uns scheint am überzeugendsten, dass unter 13 Billionen Buchstabenversetzungen, welche möglich sind, gerade die gewählt ist, welche mit der Stellung der Planeten, die auch anderwärts vielfach auf die Vocale, und zwar jeder auf seinen bestimmten Vocal bezogen werden, an dem Tage, an welchem die Sündfluth nach dem Zeugnisse der Schrift endigte, auf das genaueste übereintrifft; denn dass ein solches Zusammentreffen zufällig sein sollte, ist doch gewiss in hohem Grade unwahrscheinlich, und wäre es, so muss

jedenfalls ein sehr überzeugender Gegenbeweis geführt
werden, bevor die Bedeutung dieses Zusammentreffens
aufgehoben wird. Ob de Brière in seinem „*Alphabet
universel*" etwas Besseres bringen wird, müssen wir da-
hingestellt sein lassen, obschon eine Verwandtschaft der
Ideen nach den gegebenen Andeutungen sich nicht ab-
leugnen lässt.

Minder originell, allein vielfach bestätigt durch die
Geschichte der Mysterien, welche noch kürzlich Dr.
Oliver in seiner „*History of Initiations*" zusammengestellt
hat, ist die Ansicht des Prof. Seyffarth von der Entstehung und dem wesentlichen Gehalt der alten Religionen.
Während dort nachgewiesen wird, dass in allen Mysterien
der alten und neuen Welt die Urgeschichte des Menschen-
geschlechts, wie dieselbe in der heil. Schrift uns in ihren
wesentlichen Zügen überliefert wird, symbolisch aufbewahrt und gelehrt wurde, oft bis zur Eroberung des heiligen Landes fortgesetzt, oft nur bis zur Sündfluth und in
vielfacher Verschlingung und Verwechselung der Schöpfung und des Ausgangs aus der Arche, überall aber die
Lehre von der ursprünglichen Unschuld der Menschen,
dem Sündenfall, dem Untergange der Welt und der Erhaltung e i n e r frommen Familie, nicht selten auch die
Verheissung eines Erlösers und die Lehre vom Tode und
der Auferstehung und einem zukünftigen Leben in deut-
lich erkennbaren Zügen ausprägend, weist Prof. Seyffarth
überzeugend nach, dass auch die offene Abgötterei nur
e i n e Quelle hatte und höchst wahrscheinlich von einem
nach bestimmten Principien geregelten Sterndienst ausging, nach und nach sich von der ursprünglich symbolischen Bedeutung immer weiter entfernend und zuletzt in
einen fast thierischen Fetischismus versinkend. Minde-
stens darüber hebt derselbe jeden Zweifel, dass den
bekannten Culten der Orientalen, der Aegypter, Griechen,

Römer und nicht weniger der Deutschen die Anbetung von zwanzig Hauptgöttern gemeinsam war, von welchen sieben auf die sieben Grundkräfte (*Elohim*) des Schöpfers, der am häufigsten als Sonne gedacht wurde, sich bezogen und den bereits obengedachten sieben Planeten entsprachen. Sie wurden auch Cabiren (*dii potes*) genannt, zu welchen die Erde als achter Cabir hinzutrat und mit Sonne und Mond zu einer besonders heiligen Dreiheit zusammengestellt zu werden pflegte, die auch in Mexico und Peru vorkommt, in welchem letzteren Lande der höchste Gott sogar den Namen Tangatanga, d. i. Einer in Dreien und Dreie in Einem, führte. Die zwölf anderen grossen Götter entsprachen den zwölf Zeichen des Thierkreises, den Häusern der Planeten, und wurden erst in späteren Zeiten als selbstständige Götter angebetet, die aber doch sehr häufig, so namentlich in Aegypten und Peru, in ihrer Beziehung zur Sonne und zu den Monaten vorkommen. Daher auch die beiden höchsten Feste der heidnischen Welt, die Sommer- und Wintersonnenwende, von welchen vielleicht eine Spur in den beiden Jahresfesten der Freimaurer übrig geblieben ist. Ein Hauptsatz der alten Religion, durch ungezählte Beispiele bestätigt, war nun der, dass alle Dinge in der Welt nach bestimmten, höchst wahrscheinlich überlieferten Regeln, was aus der grossen Uebereinstimmung geschlossen werden kann, unter die sieben Planeten vertheilt waren, eine Theilung, welche sich sogar auf den Thierkreis selbst erstreckt, und dass im Verlaufe der Zeit die geschaffenen Dinge immer häufiger an der Stelle der unter den Planeten und den Häusern des Thierkreises ursprünglich verehrten Schöpferkräfte, als selbstständige Götter verehrt wurden, wie sich denn daraus insonderheit auch die Verehrung der schädlichen Thiere, des giftigen Gewürms und anderer Dinge ähnlicher Art sehr leicht erklärt.

Und hier sind wir denn zugleich bei dem von Prof.
Seyffarth gegebenen Schlüssel zu dem Hieroglyphenalphabet angelangt. Gestützt auf die Entdeckung von
Spohn, dass die demotische und hieratische Schrift alphabetisch sei, gelangte derselbe, nach genauer Vergleichung
einer Anzahl von ägyptischen Texten, die in hieratischer
und hieroglyphischer Schrift erhalten sind, und unter
Zuhülfenahme der vorhandenen zweisprachigen Inschriften, zu dem Schlusse, dass auch die Hieroglyphen im
Hauptwerke phonetisch seien, und dass allen drei Schrift-
arten der ägyptischen Sprache das uralte einfache Alphabet der altkoptischen Sprache von 25 Buchstaben zum
Grunde liege, welches in den ägyptischen Ziffern erhalten
ist. Er fand weiter, dass die gewöhnlichen Hieroglyphen
nicht stets denselben Laut, sondern mehrere oft ganz verschiedene bezeichnen; ferner dass nicht selten ein ein-
facher Buchstabe durch mehrere Hieroglyphen und
ebenso oft zwei und mehr Laute durch eine Hieroglyphe
ausgedrückt werden. Alle diese Sätze legte derselbe in
seinen Rudimenten nieder; sie waren durch sorgsame
Vergleichung gewonnen und standen als Thatsachen
fest, ohne dass jedoch der Verfasser schon damals im
Stande gewesen wäre, den Grund dieser Erscheinung an-
zugeben. Sie haben sich in der Folge alle auf das voll-
kommenste erwahrt und nur die Annahme, dass die
Hieroglyphen verzierte hieratische Buchstaben wären,
hat Prof. Seyffarth später als unbegründet aufgeben
müssen. Eine Nachricht endlich, die von Chäremon,
einem alten ägyptischen Priester, aufbewahrt worden ist,
dass alle ägyptischen Gottheiten Planeten und Zeichen
des Thierkreises sammt deren Bereichen, d. h. den irdi-
schen und himmlischen Gegenständen, die unter der be-
sondern Einwirkung oder dem Schutze dieser Gottheiten
standen, ausgedrückt haben, veranlasste den Prof.

Seyffarth, die Inschriften des Thierkreises von Denderah,
die Isistafel, den Monolith des Amos und andere Monumente in dieser Beziehung näher zu untersuchen; es
ergab sich daraus die Wahrheit jener Nachricht und zugleich, dass die Aegypter schon 1832 vor Chr. unter den
sieben Cabiren und zwölf grossen Göttern die sieben
Planeten und zwölf Zeichen des Thierkreises verehrt
haben. Mit dieser Entdeckung und mit der zweiten
Nachricht Chäremon's, dass auch die Aegypter die ganze
Natur, die sichtbaren und unsichtbaren Dinge und selbst
die Sprachlaute unter die sieben Planetengötter vertheilt
haben, wozu kommt, dass sämmtliche 450 bekannten
Hieroglyphen aus Bildern von Göttern und göttlichen
Dingen bestehen, war nun der Schritt dazu, das Gesetz
der Vertheilung der 25 Buchstaben unter die sieben
Planeten aufzusuchen, nahegelegt und wesentlich dadurch
erleichtert, dass über die Vertheilung der Vocale bestimmte Zeugnisse vorliegen.

Als Princip dieser Vertheilung hat Prof. Seyffarth die
sonst erkennbare Regel angenommen, dass jeder Planet
ihm verwandte Gegenstände erhielt und dass gleichartige
Dinge Einer Reihe, nach der gewöhnlichen Ordnung der
Planeten: Mond, Mercur, Venus, Sonne, Mars, Jupiter,
Saturn, darauf bezogen wurden. Diese Tafel, einmal gefunden, wird durch unzählige Thatsachen und vielfache
Zeugnisse der Alten bestätigt, und es tritt hier das alte
mythologische Gesetz wieder ein, dass die einem Gott
zugeschriebenen Gegenstände einander vertreten und
z. B. Laute, die einem Planeten heilig waren, durch Thiere
ausgedrückt wurden, die zu dem Bereiche desselben Gottes gehörten. Nach diesem Principe der Entzifferung
kann allerdings jede Hieroglyphe zwei, höchstens drei
Consonanten ausdrücken, allein auch abgesehen davon,
dass gerade dadurch den Hieroglyphen der Charakter

einer Geheimschrift bewahrt bleibt, die nur von Denen
gelesen werden konnte, die mit der Vertheilung der Natur unter die Götter vertraut waren, wird gerade dieser
Grundsatz durch sehr viele Eigennamen und einzelne
Wörter, ja sogar durch die Ergebnisse von Champollion's
Untersuchungen, die in einem ganz entgegengesetzten
Sinne gemacht worden sind, bis zur vollkommensten Gewissheit erhoben, ohne dass bis jetzt auch nur e i n Fall
vorgekommen wäre, wo dieselbe Hieroglyphe für zwei
verschiedene Buchstaben gebraucht worden wäre, die
nach dem obigen Princip nicht demselben Planeten an-
gehören. Wird nun hierüber in Betracht gezogen, dass
nach diesem System auch sämmtliche vorhandene zwei-
sprachige Inschriften, ohne Schwierigkeit und ohne dem
gefundenen Gesetz Gewalt anzuthun, gelesen werden
können, was nach Champollion's und allen früheren Systemen geradehin unmöglich ist, so dürfen wir bis auf
weiteres wohl dem Deutschen die Entdeckung des richtigen Schlüssels der Hieroglyphik vindiciren, und sollte
das System de Brière's damit mehr oder weniger überein-
treffen, so wird ihm der Beweis obliegen, dass er bereits
vor 1826 und vor 1833 zu seinen Entdeckungen gelangt
sei. Allein auch wenn sich später noch Mängel des
Seyffarth'schen Systems ergeben sollten, so gebührt ihm
wenigstens der Ruhm, den angemassten Ruhm Champollion's und seiner Nachtreter zerstört und die zahllosen
Unredlichkeiten und Aufschneidereien desselben an das
Licht gezogen zu haben. Es wird de Brière schwer werden, in dieser Beziehung mehr zu thun, als Seyffarth bereits gethan hat. Von den neun Sätzen, auf welchen das
symbolisch-akrophonische System Champollion's beruht,
hält auch nicht Einer eine genauere Prüfung aus, und
viele werden durch seine eigenen spätern Behauptungen
widerlegt, obgleich er sich kein Gewissen daraus gemacht

hat, Hieroglyphen zu erfinden und Inschriften seinem System zu Liebe zu verfälschen. Es würde unbegreiflich sein, wie derselbe, welcher sein Leben lang es behutsam vermieden hat, sein System an einer zweisprachigen Inschrift zu erproben, in Deutschland so zahlreiche und so bedeutende Nachfolger habe finden können, wie Kosegarten und Lepsius, wenn nicht die Anmassung, mit welcher derselbe auftrat, der Nimbus, welchen er um sich zu verbreiten wusste, und die Mühseligkeit des Studiums Vieles erklärlich machten. Die Wichtigkeit der Entdeckung für die Zeitrechnung, die Geschichte und die Alterthumswissenschaft ist aber zu gross, als dass wir dieses frische Blatt aus Deutschlands Ehrenkranze genommen sehen möchten. Darum *suum cuique!*

Chronologisches Verzeichniss

der

Schriften und Abhandlungen Gustav Seyffarth's.

1818—20. — Naturhistorische Aufsätze in Gilbert's "Annalen der Physik." Leipzig.

1821. — Beobachtungen an einer spontanen Sonnambule, in Eschenmeyer's "Archiv für thierischen Magnetismus." Leipzig,

1823. — De pronunciatione vocalium Graecarum veteribus scripturae sacrae interpretibus usitata. Particula I. Leipzig, Relam.

1824. — Ueber die ursprünglichen Laute der hebräischen Buchstaben. Ein Beitrag zur Dialectologie der semitischen Völker. Leipzig, Reclam.

1824. — Ueber den Begriff, den Umfang und die Anordnung der Hermeneutik des Neuen Testamentes. Leipzig, Reclam.

1824. — De sonis literarum Graecarum tum genuinis, tum adoptivis libri duo. Accedunt commentatio de literis Graecorum subinde usitatis, dissertationes index et tabulae duae. Cum epistola Godofredi Hermanni. Leipzig, Vogel.

1824—34. — Kritische Aufsätze und Anzeigen betreffs philologischer, archäologischer und theologischer Werke in der "Literaturzeitung." Leipzig, Breitkopf & Härtel.

1825. — Einige Bemerkungen über die sogenannten Hühnengräber in Deutschland, im ersten Bande der "Schriften der deutschen Gesellschaft zur Erforschung und Bewahrung vaterländischer Alterthümer." Leipzig, Vogel.

1825. — Memoria F. A. G. Spohnii. Leipzig, Weidmann & Reimer.

1825. — F. A. G. Spohn, de lingua et literis veterum Aegyptiorum, cum permultis tabulis lithographicis, literas Aegyptiorum tum vulgares, tum sacerdotali ratione scriptas explicantibus atque interpretationem Rosettanae aliarumque inscriptionum et aliquot voluminum papyraceorum in sepulcris repertorum exhibentibus. Accedunt Grammatica atque Glossarium Aegyptiacum. Pars I. Leipzig, Weidmann & Reimer.

1825. — De hieroglyphica Egyptiorum scriptura dissertatio, cum IV tabulis. Leipzig, Barth.

1826. — Bemerkungen über die Egyptischen Papyrus auf der königl. Bibliothek zu Berlin; mit 4 Tafeln. (Auch unter dem Titel "Beiträge zur Kenntniss der Literatur, Kunst, Mythologie und Geschichte des Alten Aegypten.") Leipzig, Barth.

1826. — Rudimenta Hieroglyphices. Accedunt explicationes speciminum hieroglyphicorum, Glossarium atque alphabeta cum XXXVI tabulis lithographicis. Leipzig. Barth.

1826—29. — Museographische Aufsätze aus Deutschland, Italien, Frankreich, England und Holland, in Böttiger's "Zeitschrift für Kunst" und der "Literaturzeitung." Leipzig, Breitkopf & Haertel.

1827. — Difesa del sistema geroglifico dei Signori Spohn e Seyffarth. Torino, Sylva.

1827. — Brevis defensio hieroglyphices inventae a F. A. G. Spohn et G. Seyffarth. Leipzig, Barth.

1827. — Réplique aux objections de M. Champollion contre le systême hiéroglyphique de MM. Spohn et Seyffarth. Leipzig, Barth.

1828. — Remarks upon an Egyptian History in Egyptian Characters in the Royal Museum of Turin; with Reference to an article in the Edinburgh Review. — "London Literary Gazette," No. 600, p. 457.

1829. — Bemerkungen über das Aegyptische Ziffersystem, in "Intelligenzblätter zur Leipziger Literaturzeitung" (Septembernummer). Leipzig, Breitkopf & Haertel.

1829. — Archäologische Aufsätze in Böttiger's "Wegweiser im Gebiete der Künste und Wissenschaften." Dresden, Arnold.

1831. — Fr. Guil. Aug. Spohn, De lingua et literis veterum Aegyptiorum cet. — Pars II. Prodromus cum XII tabulis lithographicis. Leipzig, Weidmann.

1833. — Systema Astronomiae Aegyptiacae quadripartum. Conspectus astronomiae Aegyptiorum mathematicae et apotelesmaticae. Pantheon Aegyptiacum sive symbolice Aegyptiorum astronomica. Observationes Aegyptiorum astronomicae hieroglyphice descriptae in Zodiaco Tentyritico, Tabula Isiaca sive Bembina, Monolitho Amosis Parisino, Sarcophago Sethi Londinensi, Sarcophago Ramsis Parisino papyrisque funeralibus, annis 1832, 1693, 1104 a Chr.; 37, 54, 137 p. Chr.; cum corollariis chronologicis, historicis, mythologicis, philologicis, exegeticis, astronomicis atque palaeographicis. — Lexicon astronomico hieroglyphicum cum permultis figuris impressis. Accedunt index universalis atque tabulae X lithographicae cum colorata tituli. Vorstehende Schriften bilden Heft 2—5 des unter dem Collectivtitel erschienenen Werkes "Beiträge zur Kenntniss des Alten Egyptens." Leipzig, Barth.

1833—34. — Kritiken und Anzeigen archäologischer und mythologischer Werke im Repertorium der Literaten. Leipzig, Brockhaus.

1834. — Ueber die höchsten acht Gottheiten, oder die Kabyren der germanischen Völker in Bezug auf die acht Kua's der Chinesen, nach einer chinesischen Münze im Kabinet der deutschen Gesellschaft zu Leipzig. Ein Beitrag zur Religionsphilosophie und Religionsgeschichte der alten Völker. Nebst einer Tafel. In Illgen's "Zeitschrift für historische Theologie," Bd. 4. Heft 2. Leipzig, Barth.

1834. — Uebersicht der ägyptischen Literatur seit Entdeckung der Inschrift von Rosette, bis zum Jahre 1834, in "Neue Jahrbücher für Philologie und Pädagogik" von Seebode, Jahn und Klotz. Bd. 3, Heft 1. Leipzig, Teubner.

1834. — Merkwürdige Stelle aus den Religionsschriften der alten Parsen. Illgen's "Zeitschrift für historische . Theologie." Bd. 5, Heft 1. Leipzig, Barth.

1834. — Erklärung einer Stelle in Sanehuniathon's Geschichte nach Philo Byblius, Uebersetzung bei Eusebius. "Neue Jahrbücher für Philologie und Pädagogik," von Seebode, Jahn und Klotz. Leipzig, Teubner.

1834. — Unser Alphabet ein Abbild des Thierkreises mit der Konstellation der sieben Planeten u. s. w. Erste Grundlage zu einer wahren Chronologie und Kulturgeschichte aller Völker. Mit einer lithographischen Tafel. Leipzig, Barth.

1835. — Bemerkungen zu Seetzen's "Alterthümer in Aegypten." In Seetzen, "Reisen im Oriente," herausgegeben von Hofrath Dr. Krause in Dorpat.

1836. — Moses auf Sinai. Oratorium in 3 Abtheilungen, in Musik gesetzt von C. L. Drobisch. Leipzig, Ries.

1839 — Die Sündfluth. Leipziger Tageblatt vom 23. Nov.

1839.— Unumstösslicher Beweis, dass im Jahre 3446 v. Chr. die Sündfluth geendet und das Alphabet aller Völker entstanden sei. Ein Beitrag zur wahren Zeitrechnung und Kulturgeschichte. Leipzig, Schultze und Thomas.

1840.— Alphabeta genuina Aegyptiorum, signis ipsorum numericis, consecuta nec non Asianorum litteris Persiarum, Medorum, Assyriorumque cuneoformibus, Zendicis, Pehlvicis et Sancriticis subjecta. Accedit dissertatio de mensuris in S. S. obvicis per antiquas uluas Aegyptiacas Taurinencem, Parisiniam, Lugdunensem illustrato. Cum VI tabulis alphabeticis, Lipsiae, Barth.

1840.— Zwei archäologische Fragen. In "Archiv für Philologie und Pädagogik," von Seebode, Jahn und Klotz. Bd. 4, Heft 2.

1841.— Neue Beiträge zur indischen Mythologie und Allgemeinen Religionsgeschichte. In Illgen's "Zeitschrift für wissenschaftliche Theologie." Heft 3.

1842.— Ein merkwürdiger Sarkophag mit erhabenen Hieroglyphen von Cedernholz im Archäologischen Museum zu Leipzig. "Blätter für literarische Unterhaltung," Dezember 1842, in "Illustrirte Zeitung," No. 17, Leipzig, 1843.

1843.— Ueber das Papier der Alten nach Plinius und der Papyrusstaude im botanischen Garten zu Leipzig. Mit einer lithographischen Tafel. In Neumann's "Serapeum" vom 15. Februar.

1843.— Grundsätze der Mythologie und alten Religionsgeschichte und der Hieroglyphensysteme. Leipzig.

1844.— Der römische Obelisk an der Porta del popolo und Hermapion's Uebersetzung desselben. In "Repertorium der deutschen und ausländischen Literatur," 3. Jahrgang, Leipzig.

1845.— Die Obelisken an der Porta del popolo in Rom. " Illustrirte Zeitung," vom September.

1846.— Chronologia Sacra. Untersuchungen über das Geburtsjahr des Herrn und die Zeitrechnung des A. und N. T. Leipzig.

1846.— Mittheilungen über das Turiner Exemplar der heiligen Schriften der alten Aegypter (Lepsius' Todtenbuch"). In "Jahresberichte der deutschen orientalischen Gesellschaft," S. 71.

1846.— Uebersetzungen egyptischer Texte nach Champollion's und des Verfassers System. Im ersten Bande der "Verhandlungen der Mitglieder der deutschen orientalischen Gesellschaft."

1846.— Ursprung der alten Monatsnamen, mit einer Uebersicht der alten Chronologie. "Illustrirter Kalender," Leipzig.

1846.— Drei Scarabäen mit Königsnamen zu Jena. "Jahresbericht der deutschen morgenländischen Gesellschaft."

1847.— Ueber Champollion's Hieroglyphensystem, seine Grammatik und sein Lexikon. "Jenaische Literaturzeitung" vom 27. August.

1848.— Haben die Ebräer schon vor Jerusalems Zerstörung nach Mondmonaten gerechnet ? "Zeitschrift der deutschen morgenländischen Gesellschaft." S. 344.

1848.— Die Sonnen- und Mondfinsternisse der Alten. "Archiv für Philologie und Pädagogik," von Seebode, Jahn und Klotz. Heft 4.

1849.— Der Phönix und die Phönixperioden. "Zeitschrift der deutschen morgenländischen Gesellschaft," S. 63.

1849.— Kritik der egyptischen Chronologie nach Lepsius, "Repertorium der Literatur," Bd. 2. Leipzig.

1852.— Zurückweisung der Lepsius'schen Theorie, nach welcher die Planetenstellungen auf den egyptischen Monumenten Sonnengötter repräsentiren. In "Repertorium," Bd. 1. Leipzig.

1853.— Ueber de Rougé's "Memoire sur le Tombeau d'Ahmes." "Repertorium der Literatur," Bd. 1.

1853.— Beiträge zur Geschichte der Astronomie. In Jahn's "Astronomische Unterhaltungen," vom 8. Juli.

1853.— Widerlegung von Gumbach's Angaben, nach welcher die Hebräer vor der Zerstörung Jerusalems nach Mondmonaten rechneten. "Göttinger gelehrte Anzeigen" vom 13. Juni.

1853.—Würdigung von Uhlemann's "Interpretatio Rosettanae." "Repertorium der Literatur," Bd. 4.

1854.— Der egyptische Sarcophag aus Memphis in der k. k. Ambros. Sammlung zu Wien. "Illustrirte Zeitung" vom 15. April. Leipzig.

1854.— Egyptische Alterthümer. Im Anhange zur deutschen Uebersetzung von Layard's "Niniveh." Leipzig.

1855.— Der Arragonit-Sarcophag in Saone's Museum zu London. "Illustrirte Zeitung," No. 614. Leipzig.

1855.— Bemerkungen über Zech's Preisschriften über die Finsternisse im Almagast und die wichtigsten Finsternisse der Griechen und Römer. "Göttinger gelehrte Anzeigen," No. 125.

1855.— Grammatica Aegyptiaca. Erste Anleitung zur Uebersetzung egyptischer Literaturwerke. Mit 92 Lithographien und der Geschichte des Hieroglyphenschlüssels. Gotha, Perthes.

1855.— Theologische Schriften der alten Egypter nach dem Turiner Papyrus zum ersten Male übersetzt. Nebst den zweisprachigen Inschriften auf dem Steine von Rosette, dem Flaminischen Obelisken, dem Thore von Philä, der Tafel von Abydos, der Wand von Carnak und anderen. Gotha, Perthes.

1855.— Berichtigung der römischen, griechischen, persischen, egyptischen und hebräischen Geschichte und
Zeitrechnung auf Grund neuer historischer und astronomischer Hilfsmittel. Mit einer xylographischen
Tafel. Leipzig.

1855.— Hat Moses den Pentateuch noch nicht schreiben
können, weil es damals noch kein Alphabet gab ?
"Deutscher Kirchenfreund," S. 259.

1856.— Geschichte des vorsündfluthlichen Thierkreises zu
Paris. "Lutherischer Herold" vom 16. Januar und
"Lutheran Standard" vom 4. April 1857.

1856.— Hat Christus zwei oder drei Tage im Grabe gelegen ? "Lutherischer Herold" vom 15. Juni.

1856.— Ist Christus wirklich 1500 Jahre vor der Zeit,
welche Gott durch den Mund der Propheten bestimmt, in die Welt gekommen ? "Deutscher
Kirchenfreund" (Philadelphia), Februar und März,
und "Lutheran Standard," April, Mai und August.

1856.— Werden die geschichtlichen Ueberlieferungen
der heil. Schrift durch die Geschichte Egyptens widerlegt ? "Deutscher Kirchenfreund," S. 145.

1856.— War die Sündfluth keine allgemeine, sondern nur
eine partiale ? "Deutscher Kirchenfreund," S. 192.

1856.— Gehört der Aufenthalt der Hebräer in Egypten
wirklich zu den blossen Mythen des A. T.? "Deutscher Kirchenfreund," S. 337.

1856.— Haben die Propheten die Babylonische Gefangenschaft übertrieben ? "Deutscher Kirchenfreund,"
S. 341.

1857.— Notice of a burnt brick from the ruins of Niniveh,
with a plate. "Transactions of the Academy of
Science of St. Louis, Mo." Vol. 1, p. 64.

1857.— Summary of recent Discoveries in Biblical Chronology, universal History and Egyptian Archæology, with special reference to Dr. Abbott's Egyptian Museum in New York. With a translation of the first sacred book of the ancient Egyptians. New York. H. Ludwig.

1857.— Uebersicht neuer Entdeckungen in der biblischen Zeitrechnung, allgemeine Weltgeschichte und egyptischen Alterthumskunde, nebst Uebersetzung des ersten heiligen Buches der alten Egypter. New York, H. Ludwig.

1857.— To the Author of "Queries" in regard to the "Lectures on Egyptian Antiquities." "Gettysburg Evangel. Luth. Quarterly." Vol. IX, p. 58.

1857.— Die wahre Zeitrechnung des A. T. Nebst einer Zeittafel des N. T. Ein Hilfsbüchlein für christliche Bibelleser. St. Louis, Mo. N. Niedner.

1857.— Ist Christus wirklich nicht in den Jahren und an den Tagen geboren und gestorben, welche die Propheten, Evangelisten und Kirchenväter angaben? "Lutherischer Herold," No. 158—60.

1858.— On Theon's Canicular Period. "American Church Monthly." New York, April.

1859.— A remarkable Seal in Dr. Abbott's Egyptian Museum in N. Y. "Transactions of the St. Louis Academy of Science." Vol. I, p. 249.

1859.— An astronomical inscription concerning the year 1722 B. C. "Transactions of the St. Louis Academy of Science," vol. I, p. 356.

1860.— A remarkable Papyrus scroll written in Hieratic characters, with 16 lithogr. Plates. "Transactions of the St. Louis Academy of Science," vol. I, p. 527.

1860.— Die Keilschrift. "Lutherischer Herold," No. 218 und "Kalender der N. Y. Tractat-Gesellschaft."

1860.— Eingang zum unterirdischen Tempel Ramses des
Gr. zu Abussimbil in Nubien. "Luth. Herold," No.
219 und "Kalender der N. Y. Tractat-Gesellschaft."

1860.— Das tausendjährige Reich im Lichte der Offenbarungen im N. T., mit Rücksicht auf den neuesten
Chiliasmus. New York, H. Ludwig.

1860. — Die Pyramiden in der Bibel. "Luther. Herold,"
No. 231 ; "The World," N. Y., August 11th, und
"Lutheran Standard," No. 536.

1861. — Chiliasm critically examined according to the
statements of the New and Old Testaments. With
reference to the most recent theory of the Millennium. New York, Westermann & Co. und "Gettysburg Evang. Luth. Review," Vol. XII, pp. 341—401.

1861. — Der Ehinger'sche Chiliasmus. "Luther. Kirchenbote" vom 24. Mai.

1861. — The Chronology of the Septuagint. "N. Y.
Quarterly Review and Church Register," Vol. VIII,
Nos. I und II.

1861. — Christian Astronomy. "Lutheran," Vol. II,
Nos. 11—21. Philadelphia.

1861. — Planetenkonstellation bei Samsaddin Muhammed bin Ahmed 'Assar vom Jahre 1377 v. Chr. "Zeitschrift der deutschen morgenländischen Gesellschaft," Bd. 15, S. 393.

1862. — Ist die gegenwärtige Negersklaverei in Uebereinstimmung mit der Schrift oder nicht ? "Luther.
Herold" vom 15. Okt. u. 1. Nov.

1863. — Der amerikanische Kalendermann. Kurze Erklärung des Kalenders und seiner Bedeutung für alle
Jahre. New York ; H. Ludwig.

1863. — Ist die Erhaltung und Verbreitung der gegen-
wärtigen Negersklaverei eine Sünde oder nicht ?
"Luther. Herold," No. 302—303 und "Lutheran"
(Philadelphia) Nos. 103 and 104.

1864. — The Original of Manetho's History of Egypt. "Proceedings of the American Oriental Society," p. XXIX.

1864. — Die Israeliten in Egypten nach Manetho's Handschrift in Turin. „Luther. Herold" vom 7. Mai.

1869. — Hat Rom St. Peters-Jubiläum im richtigen oder falschen Jahre gefeiert? „Luther. Kirchenblatt der Synode vom Staate New York," S. 19.

1872. — Chronology of the Roman Emperors from Caesar to Titus, with reference to the New Testament. "Gettysburg Quarterly Review," Fasc. I, p. 47. — Rudelbach's „Zeitschrift der lutherischen Theologie," (Leipzig) p. p. 50—76 und Brobst's „Theologische Monatshefte," Juni und Juli (Allentown).

1872. — Lepsius' and Reinesch's Interpretation of the Tanis stone critically examined. "Proceedings of the American Oriental Society," May.

1877. — Rehoboam's Age illustrated by the Geographical Tablet of Shishak. "Lutheran Standard," March, 1877.

1877. — Corrections of the present theory of the Moon's motions according to the classic eclipses. "Transactions of the Academy of Science of St. Louis," Vol. III, p. 401.

1877. — Review of important Egyptian antiquities discovered since the Rosette Stone in 1799.

1. The Obelisk translated by Hermapion. 2. The Turin papyri representing the ancient catacombs of Ossimandya and Ramses the Great, 1700 B. C. 3. The Sarcophagi of Ossimandya and Ramses the Great in London and Paris, representing their nativities. 4. The Mummy-Case of the Secretary of the same kings, representing his nativity in 1722 B. C., preserved at Leeds, England. 5. The tablet of Abydos and its Greek translation, the

so-called Laterculum Eratostenis. 6. An astronomical inscription referring to 2780 B. C., published in Burton's "Excerpta Hieroglyphica," (I, 15), by which the date of Menes' arrival in Egypt is confirmed. 7. The Hieratic Original of Manetho's Egyptian History in Turin. 8. The geographical altar of Takelasshis (900 B. C.), a catalogue of the Egyptian cities, in Turin. 9. The cedrine Sarcophagus of the year 1524 B. C., containing 3,000 relief hieroglyphs as fine as Greek gems, in the Academical Museum of Leipzig. 10. The trilingual Tanis stone of which the casts are to be found in the Smithsonian Institution. 11. The Shishak Tablet, a catalogue of 125 cities in Palestine in the time of Rehoboam. 12. The mummy and funeral papyrus of Shishak's General, once in possession of Gen. Stone, of Roxbury, Mass. 13. The oldest known copy of the sacred Egyptian records written for the wife of Pharaoh Horus, 1780 B. C. 14. The Egyptian Altar found in 1748 at Pompeii, referring to Vespasian. "Proceedings of the American Oriental Society," October 22d, 1877; "The World," N. Y. October 22d; „Sonntagsblatt der New Yorker Staatszeitung" vom 25. Nov. u. 2. Dec. 1877.

1879.— Letter to Judge Nathaniel Holmes, concerning the corrections of the present theory of the Lunar motions. "Transactions of the St. Louis Academy of Science," vol. IV p. XXV.

1879.— Egyptian theology according to a Paris Mummy-Coffin. "Transactions of the St. Louis Academy of Science." Vol. IV, p. 80.

1880.— The primitive Egyptian names and images of the seven planets on a Turin papyrus, and some planetary configurations on Egyptian monuments. "Transactions of the St. Louis Academy of Science." Vol. IV.

1880.— Planetary configurations on Cyprian antiquities in the Metropolitan Museum of Art. "Transactions of the St. Louis Academy of Science." Vol. IV.

1880.— The Pharaoh, Thutmos III., who perished in the Red Sea in 1866 B. C. "Philadelphia Sunday School Times." Mai 1st, 1880.

1880.— The present Egyptian Humbug, and critic of „Revue Égyptologique publiée sous la direction de MM. H. Brugsch, F. Chabas, Eug. Revillout." Première Annee No. 1, Paris 1880. "American Journal of Philology," No. 4, Baltimore.

1880.— Indian Antiquities discovered near Davenport, Iowa. "Transactions of the Academy of Davenport." Vol. III.

1880. — Der alexandrische Obelisk im New Yorker Central Park. „N. Y. Staatszeitung" vom 24. Oktober.

1881.— The Hieroglyphic Tablet discovered in the ruins of Pompeii A. D. 1748, grammatically translated and explained. "Transactions of the St. Louis Academy of Science." Vol. IV.

1881. — Die Inschriften des New Yorker Obelisken nach Brugsch. „N. Y. Staatszeitung" vom 27. Februar 1881.

1881. — Die Allgemeinheit der Sündfluthsage. Mount Vernon, N. Y., Verlag des Wartburg Waisenhauses·

1881. — Ancient Egyptian Literature. The N. Y. Obelisk. "Industrial News." Vol. 2, Nos. 8 and 9.

1882. — The original Egyptian names of the planets according to a Turin papyrus, and some new planetary configurations. "Transactions of the St. Louis Academy of Science," Vol. IV.

Nachgelassene Manuskripte theils fertiger, theils unvollendeter Schriften.

Clavis Aegyptiaca, Collection of all bilingual and some other hieroglyphic inscriptions translated and explained, with the syllabic Alphabet in hieroglyphic, hieratic and demotic characters, glossaries, and indexes.

(Im Besitze der N. Y. Historical Society.)

The seventy weeks of Daniel, explained by themselves.

Manetho's Shepherd Kings, the Israelites in Egypt, according to a Turin Papyrus.

The historical parts of the oldest copy of the sacred Egyptian records, grammatically translated and explained.

The papyrus Clark, grammatically translated and explained.

The inscription on the door of Apollinopolis Magna, grammatically translated and explained.

The trilingual Tanis stone according to the casts in the Smithsonian Institution, grammatically translated and explained.

The Egyptian Decani and Signs of the Zodiac, according to five ancient monuments.

The geography of Egypt, according to the altar of Takelaphis (900 B. C.) in the R. Museum of Turin.

The constellations of the Egyptians, 1300 B. C., agreeing with their present names.

New chronological tablets for the histories of the Romans, Greeks, Persians, Medians, Assyrians, Babylonians, Egyptians, Hebrews and Chinese, based upon new historical and astronomical resources, from 5870 B. C. to 400 A. C.

The inscriptions on a Mummy-Coffin in the Museum of the N. Y. Historical Society.

The inscriptions on a Mummy - Coffin at Baltimore, grammatically translated and explained.

The nativity of Emperor Augustus, referring to 61 B. C.

Bilingual Mummy - Coffins in Europe, grammatically translated and interpreted.

Idolum Thordanum, and similar inscriptions, grammatically explained.

Catalogues of human limbs, obvious on different Egyptian Monuments.

The geography of Palestine on the Shishak Tablet.

The Turin papyri representing catacombs, grammatically explained.

Catalogue of different sacrificial objects mentioned on various monuments.

Supplement to "Grammatica Aegyptiaca."

Lexicon Aegyptio-Latinum et Latino-Aegyptiacum.

Lexicon Copto-Latinum et Latino-Copticum, secundum.

Manuscripta Coptico Arabica et alia auxilia.

The New York Obelisk translated and explained.

Bibliotheca Aegptiaca Manuscripta.

Diese reichhaltige, 15 Folio-Bände füllende Sammlung hieroglyphischer, hieratischer und demotischer Schriften ist von Dr. Gustav Seyffarth der New York Historical Society vermacht worden.

The trilingual Rosette Stone, grammatically translated and explained.

Egpytian Antiquities in the Metropolitan Museum of Art, grammatically translated and explained.

Astronomical monuments of the Ancient Mexicans.

The Tablet of Davenport, grammatically and astronomically explained.

Egyptian History based on new historical and astronomical certainties.

ERRATA.

Seite 7,	Zeile 8	von oben,	lies	*Briefen*,	anstatt	Briefe.
" 9	" 6	" "	"	*Schüler*	"	Schulen.
" 9	" 16	" "	"	*Philologie*	"	Philosophie.
" 10	" 3	" "	"	*accedunt*	"	acceduut.
" 12	" 3	" unten,	"	*Sammlungen*	"	Summlungen.
" 13	" 2	" oben,	"	*Uhlemann*	"	Uhlmann.
" 13	" 7	" unten,	"	*Beruf*	"	Brief.
" 17	" 14	" oben,	"	*nicht bewilligte*	"	verweigerte.
" 17	" 1	" unten,	"	*N. Y.*	"	N. J.
" 42	" 10	" oben,	"	*beschämt*	"	beschämend.

www.ingramcontent.com/pod-product-compliance
Lightning Source LLC
Chambersburg PA
CBHW031954060726
47497CB00016B/2085